Zenit *och* Nadir

*"Ach balliar, ben divo,
ach balliar, ben vi.
Hirambio gin sandrio
ed balliar, puri!"*

Zenit och Nadir

Stefan Stenudd

Stefan Stenudd, född 1954 i Stockholm, numera boende i Malmö, är författare, frilansjournalist och instruktör i den fridsamma japanska kampkonsten aikido. Han är också idéhistoriker, med skapelsemyter som sitt forskningsfält. Förutom sina svenska böckerna har han skrivit ett antal romaner och fackböcker på engelska. Stefan har sin egen fylliga hemsida: *www.stenudd.se*

Skönlitteratur:
Om Om 1979, 1985, 2011, 2018
Alltings slut 1980
Den siste (Evigheten väntar) 1982, 2011, 2018
Mord 1987, 2018
Ikaros över Brandbergen 1987, 2011, 2018
Drakar & demoner 1987
Tao Erikssons sexliv 1992, 2007, 2018, 2019, 2020
Tröst 1993, 1997, 2003, 2018
Zenit och Nadir 2004, 2018, 2020

Facklitteratur:
Tao te ching, taoismens källa 1991, 1996, 2004, 2006, 2012
Aikido, den fredliga kampkonsten 1992, 1998, 2010
Iaido 1994
Miyamoto Musashi: Fem ringars bok 1995, 2003, 2006, 2013
Aikido handbok 1996, 1999, 2004
David Mitchell: Stora boken om kampkonst 1997
Ställ och tolka ditt horoskop 1979, 1982, 1991, 2006
Horoskop för nya millenniet 1999
Qi, öva upp livskraften 2003, 2010, 2018
Bong. Tolv år som hemlig krogrecensent 2010, 2018

arriba.se

Zenit och Nadir
© Stefan Stenudd 2004, 2018, 2020
Omslag, illustrationer och grafisk form av Stefan Stenudd.
Arriba förlag, www.arriba.se
ISBN 978-91-7894-089-9

Dimman

Ekan

"Nu ser jag ingenting alls!"

"Inte jag heller."

Dimman låg så tjock att luften var vitmålad. De hörde årorna plaska mot vattenytan och kluckandet av vågorna som slog mot ekans skrov – men de såg ingenting alls genom den vita dimman. Båten gungade lite grann när den sakta gled framåt. Små iskalla vattendroppar stänkte på dem och gjorde deras hår och kläder fuktiga.

Utan att släppa taget om åran höjde Charlie sin vänsterhand och höll upp den framför ansiktet. Först när handen var så nära som ett par decimeter kunde han se den genom dimman. Ingenting av båten syntes, inte heller Cecilia mitt emot honom. Allt var bara vitt, vitt, vitt.

"Det är som en dröm", hördes Cecilias röst framför honom. "Man blir yr, visst blir man? Det känns att vi rör på oss, men inte hur fort. Man känner inte ens åt vilket håll."

Charlie tyckte inte att hon lät särskilt orolig. Svårt att veta säkert, eftersom han inte kunde se hennes ansiktsuttryck, men hennes röst var lika stadig och tydlig som alltid. Hon var jämt så säker. Själv kände han sig lite darrig men det kanske bara var kylan, nu när kläderna blivit fuktiga ända in på huden.

"Konstigt", fortsatte hon. "Luften var alldeles klar när vi lämnade stranden. Vem kunde ana att det skulle bli så här dimmigt, så fort?"

"Inte jag", sa Charlie och försökte låta lika avspänd som hon, "men det kan nog gå till så på sjön."

Han slutade ro och lyfte årorna över vattenytan. Det gick inte heller att se, men det hördes – och kändes. Strilar av kallt vatten rann nedför årorna över hans händer. Båten fortsatte framåt, verkade det som, men den skulle snart stanna. Kanske hade den redan gjort det. Charlie var osäker.

"Jag undrar om det är dimma på land också", sa Cecilia.

"Tycker du att vi ska vända?"

"Nej, det är inte så klokt nu. Börjar vi svänga och ändra kurs så vet man aldrig vart vi tar vägen. Fortsätt framåt i stället. Den där ön låg ju precis rakt framför oss – vi borde vara ganska nära den nu."

Innan dimman lagt sig hade de tagit sikte på en ö, som inte låg längre bort än sådär en kilometer, kanske inte ens det. Det var svårt att uppskatta avståndet över vattenytan, även innan dimman kom. Nu hade de i alla fall rott en lång stund, så de borde stöta på land vilken sekund som helst.

Charlie sänkte årorna igen, hörde plumset när de slog genom vattenytan, och fortsatte att ro. Det blev han snabbt varm av, så att de fuktiga kläderna inte längre besvärade honom.

Cecilia stack ner fingrarna i det kalla vattnet. Strömmen pressade dem bakåt och vågorna sköljde med jämna mellanrum över hela handen. Hon såg inte en skymt av Charlie, inte ens det illröda pannbandet han alltid hade på sig, men hon hörde hur hårt han stretade med årorna. Han drog in djupa andetag. Det var nog tungt för honom. Årorna var väldigt långa och ekan ännu längre, dessutom gammal och sliten, så den gled nog inte hur lätt som helst genom vattnet.

Charlie hade från början gjort klart att han gärna ville ro själv, i stället för att de tog en åra var. Han började nog ångra sig nu och var säkert trött, men det vore dumt att börja böka i båten med att byta plats när de inte ens kunde se varandra.

Den långa ekan gled högtidligt sakta över vattnet, årorna plaskade och träet i båtens skrov knarrade. Cecilia spanade allt vad hon orkade åt Charlies håll och ibland tyckte hon sig se en skymt av hans kontur, men det kunde vara inbillning. Dimman var lurig.

De hade i alla fall gott om tid. Klockan kunde inte vara mer än elva på förmiddagen, så det skulle dröja många timmar innan hon måste ta sig hem för att komma i tid till middagen. Ryggsäcken med smörgåsarna och läskburkarna låg kvar på stranden men det gjorde detsamma – Cecilia var inte ett dugg hungrig. Däremot hade det varit praktiskt om hon fått med sig jackan som också låg nedstoppad i ryggsäcken. Det blev allt kyligare, ju blötare kläderna och håret blev av den fuktiga luften. Hon bytte ställning där hon satt på den kalla sittplankan, tryckte armarna hårt om sig och slog ihop sina knän några gånger, för att få upp värmen.

"Fryser du?" undrade Charlie när han hörde hennes rörelser.

"Inte alls", svarade Cecilia. Men de blöta kläderna

tryckte mot huden och luften var rå. "Inte så värst, i alla fall", rättade hon sig efter en stund.

"Du kan få låna min jacka, om du vill. Jag håller mig ju varm eftersom jag ror."

"Ja tack."

Charlie halade in årorna, krängde av sig jackan och räckte den åt Cecilias håll.

"Här är den."

Hon svepte med handen framför sig tills hon fick fatt i jackan och snuddade då vid Charlies hand, som var våt och kall.

Innan hon hunnit få på sig den styva jeansjackan, som var ganska fuktig den också, hade Charlie stuckit ut årorna igen och fortsatte ro. Han tog i lite extra för att hålla sig varm. Tröjan hade hållits någorlunda torr innanför jackan, men nu blev den snabbt lika genomblöt som jeansbyxorna. Kläderna skavde mot kroppen och det var tungt att röra armarna. Tyst för sig själv svor Charlie över dimman, som kommit och förstört när de haft det så mysigt.

Underligt att den dykt upp så plötsligt på molnfri himmel, tänkte Charlie. Han gissade att det var så det gick till på sjön. Och i så fall, tänkte han vidare, skulle ju dimman kunna försvinna lika fort. Möjligheten värmde honom. Han hoppades att det skulle ske snart.

Stranden

Redan klockan nio samma morgon hade de samlats, en skara på åtta kamrater från kvarteret. De gnuggade sömnens grus ur ögonen och klev upp på sina cyklar. Det var den första riktigt varma och soliga söndagen i maj, som de hade bestämt sig för att utnyttja genom en utflykt till badstranden. Den var säkert alldeles öde och vattnet måste vara på tok för kallt att bada i – men man kunde ju samlas där och längta.

Därför hade de släpat sig upp så pass tidigt på den skollediga morgonen och packat smörgåsar och läsk i sina ryggsäckar. Solen gnistrade mot dem, strax ovanför hustaken. Det var vindstilla och inget moln syntes till på hela himlen. Det kändes verkligen som sommar. De cyklade i ett rasande tempo hela vägen och ropade med andan i halsen sporrande ord till varandra.

Badstranden låg mycket riktigt öde. Inte en människa syntes till. Grässlänten var grön och mjuk att gå på men ännu inte särskilt frodig. Pontonbryggans moduler låg staplade under presenningar och kiosken var tillbommad med träluckor fastskruvade över fönstren. Det såg dystert och ödsligt ut.

Och det visade sig att det verkligen var alltför kallt i vattnet för att bada. De hetsade ändå varandra till att ta av sig barfota, kavla upp sina byxor och vada ut tills vattnet nådde dem upp på knäna. Där började de genast stänka vilt omkring sig under illtjut och frustanden, så det dröjde inte länge förrän alla var genomblöta. Sedan rusade de upp ur vattnet och in i den angränsande skogen för att samla ved till en brasa. De behövde värma sina huttrande kroppar och torka kläderna.

När de letade ved råkade Charlie och Cecilia hamna lite avsides i skogen, som lätt händer då båda egentligen vill. Cecilia hade ganska länge haft ögonen på Charlie. Hans snabba leenden värmde och han såg riktigt tjusig ut i det långa, blonda håret som hölls på plats med ett mörkrött elastiskt pannband. Cecilia anade att han också haft henne i tankarna – deras blickar hade mötts rätt ofta de senaste veckorna.

De gick i årskurs fem båda två, i samma skola men olika klasser. Titt som tätt hamnade de ändå bredvid varandra på skolgården under rasterna, vid matsalsbordet på luncherna och så vidare. Det hade bara inte blivit av att de fått vara ifred någon längre stund – inte förrän nu.

Så kom det sig att de slog följe in i skogen på jakt efter ved, och strosade längre och längre bort från de andras stimmande framfart, utan att låtsas om det. Charlie berättade med massor av ord om vad han och några kompisar hittat när de tagit sig runt i en källare veckan innan. Samtidigt plockade han torra kvistar på måfå från marken och från grånade träd.

Cecilia sa "Oj!" och "Verkligen!" och sådant, där hon trodde att det passade, samlade också lite ved och sneglade så mycket hon vågade på Charlies yviga rörelser och bleka ansikte. Hon ville att han skulle titta tillbaka så att deras blickar möttes och sluta fara omkring som ett rådjur mellan träden, att han i stället skulle gå i stilla mak alldeles bredvid henne. Nog ville han själv samma sak?

Ändå for orden ur honom som om han inte hade tankar för annat än dem, och han höll sig oftast så långt borta från Cecilia att hon bara nätt och jämnt skymtade honom mellan träden. Vore det inte för att han pratade högt och för de många snabba ögonkasten åt hennes håll, kunde Cecilia ha fått för sig att han inte visste om att hon var där. Som det nu var, tänkte hon att Charlies avstånd berodde på något annat.

Han var blyg. Trots det mörkröda pannbandet, de snabba kliven över skogsmarken och alla sturska ord om upptäckter i källare, så var Charlie blyg. Hon tyckte ännu mer om honom för det.

"Titta här!" ropade Charlie, som just försvunnit bakom ett träd nere vid vattnet.

Cecilia skyndade sig dit. Där låg en gammal eka halvt begravd bland vassen i det grunda strandvattnet. Den var lång och smal med sittplankor i för och akter och på två ställen däremellan. Den såg ut att kunna vara hundra år gammal och det mörknade, nästan svarta träet verkade ruttet. När Charlie steg upp i ekan knarrade plankorna högt, som om de ville brista itu. Bottnen var täckt av vatten. De båda årorna var slitna men hela, och där fanns en plastskopa att ösa med.

Charlie satte fart med skopan, vattnet yrde omkring honom och snart syntes det att han kom någon vart. Det verkade faktiskt som om båten inte läckte. Den hade väl bara fyllts med regnvatten. På några minuter hade

Charlie fått nästan allt vatten ur den. Det var bara lite plask kvar på bottnen, som skopan inte kunde komma åt.

"Jag älskar att ro!" förklarade Charlie ivrigt och satte sig vid årorna så snart de lyckats skjuta loss båten från stranden. "Vi tar en tur, eller hur?"

Vattenytan låg blank och slät, sånär som på krusningar som inte var större än när man släpper ner en sten i vattnet. Solen sken och det blåste nästan inte alls. Sjöns öppna, tysta yta var lika lockande som en äng täckt av nyfallen snö, där ännu ingen satt sina fotavtryck.

"Det är klart att vi gör!" sa Cecilia och slog sig ner på brädan närmast framför den som Charlie hade satt sig tillrätta på.

Äntligen möttes deras blickar. Charlie log med hela ansiktet och upphetsningens rodnad spreds över kinderna. Han var mäkta stolt där han satt vid årorna och kämpade. De var mycket längre än han själv och vägde en hel del. Charlie svettades och pustade och stormtrivdes.

"Det här är det bästa jag vet!"

"Jag märker det", sa Cecilia.

"Det är en alldeles speciell teknik med att ro. Man måste hålla rytmen, förstår du. Och så är det viktigt i vilken vinkel man håller årorna."

"Jaha", sa Cecilia. "Brukar du ofta vara ute och ro, eftersom du vet så mycket om det?"

"Nja", sa Charlie och rodnade ännu mer, "inte så ofta som jag har lust. Men förrförra sommaren blev det riktigt mycket när vi bodde i farmors stuga vid Hjälmaren. Då satt jag i båten praktiskt taget hela tiden, alla fyra veckor vi var där."

"Man blir stark av det, väl?"

"Jag vet inte."

"Jo, det tror jag", slog Cecilia fast.

De tog sikte på en ö som såg ut att ligga ungefär en kilometer bort och njöt av att vara för sig själva – tittade inte ens åt det håll deras vänner borde vara, lyssnade inte efter deras stoj. Charlie landade åter sin blick i Cecilias ögon.

Då kom dimman.

Hallå!

"Borde vi inte ha nått den där ön nu?" undrade Cecilia. "Du tror inte att vi åker förbi den?"

"Inte en chans! Den var för stor för att missa. När som helst stöter vi mot land, det är jag säker på!" lovade Charlie, fast han inte alls kände sig övertygad om det.

Han undrade vad som skulle hända om de verkligen kommit så pass ur kurs att de rodde förbi ön. Fanns det någon annan ö bakom den? Han försökte komma ihåg hur det sett ut innan dimman lagt sig, men var inte säker. Bäst att inte tänka på det, bara fortsätta ro. Det vore ju löjligt att bli rädd – de var ju inte ute på öppna havet eller så, bara insjön och en ganska smal del av den. Men hur länge kunde det dröja innan dimman lättade?

"Ska vi ropa på de andra?" frågade Cecilia.

"Jag tror inte att de kan höra oss längre. Eller hör du dem?"

"Nej, men de är kanske bara tysta. Kan du inte ropa? Man hörs bättre över vattnet, vet du."

Charlie hejdade årorna, fyllde lungorna med den kyliga luften och ropade:

"Hallå! Hör ni oss?" Det var ett tveksamt rop, han

kände sig lite dum – att vråla rätt ut i luften utan att se ett endaste dugg.

De hörde inget svar, inga andra ljud än knirkandet från ekans skrov och plasket av vågorna som slog mot båten.

"Högre", sa Cecilia.

"HALLÅÅÅÅ!" tjöt Charlie så högt han kunde. Rösten var nära att spricka och det sved i halsen. Fortfarande inget svar. "Det verkar inte som om de hör oss. Vi är nog för långt borta nu." Han satte åter fart med årorna. Det korta uppehållet hade fått honom att rysa av köld.

"Det här stämmer inte!" sa Cecilia och det hördes på rösten att hon var irriterad. "De kan knappast ha stuckit hem redan, speciellt inte utan oss. Och vi kan inte ha kommit så långt bort att de inte hör oss."

"Man kanske hör sämre genom dimman?"

"Varför då?"

"Ja, inte vet jag", sa Charlie osäkert, "men den är ju så tjock att man inte kan se genom den. Då kanske den dämpar ljudet också."

"Inte!" protesterade Cecilia. Hon vred på ryggen, vände ansiktet åt det håll badet borde ligga och busvisslade.

Ljudet skar i öronen. Det kom så plötsligt att Charlie höll på att tappa årorna. Cecilia kunde verkligen busvissla! Hörde de inte det så hörde de ingenting alls, tänkte han.

Och så var det tydligen, för inte heller nu kom något svar.

"Det här är ju löjligt!" muttrade Cecilia.

Då stötte båten mot land. Med ett skrapande ljud kilades fören fast i sand. Cecilia tumlade omkull över Charlie, som tappade årorna, föll baklänges och slog huvudet i relingen så att han såg stjärnor.

Iland

De blev liggande en stund huller om buller i den gamla ekan, innan de riktigt fattat vad som hänt. Charlie kved och gnuggade sitt bakhuvud. Han kunde redan känna hur en bula höll på att växa fram under pannbandet. Dessutom hade Cecilia slagit skallen i hans bröstkorg. Det gjorde ont när han andades in.

Båten låg alldeles stilla, trots att vågorna plaskade mot skrovet. Cecilia lyfte på huvudet, sträckte sin hals och kikade över kanten.

"Land", sa hon och reste på sig. "Och titta, Charlie, dimman lättar!"

Charlie krängde sig upp. Båten hade kilats fast i finkornig sand, slät som nyfallen snö. Fastän dimman låg kvar över sjön var luften inåt land alldeles klar. De såg sig omkring. Sandstranden var mindre än en tennisbana och omringad av grönskande träd, som formade en tät vägg.

"Den måste vara anlagd", sa Cecilia.

Charlie tittade undrande på henne.

"Sandstranden. Du ser väl vilken fin och ren sand det är?" Hon sträckte sig ut och tog en näve av sanden, som hon lät strila mellan fingrarna. "Känn hur varm den är."

Charlie tog också en handfull. Sanden var så varm att den nästan brändes. De lutade sig ut från båten utan att vilja kliva ur den, som om de inte riktigt kunde tro att det var fast mark. Sandytan var vågig, med mjuka kullar och dalar. Den såg ut som trögflytande vätska. Charlie misstänkte att man skulle sjunka ner lika djupt i den som i vatten. Alla de varma, minimala sandkornen rann så lätt mellan fingrarna att det vore märkligt om sanden kunde ge något fotfäste.

"Det har nog i alla fall inte varit någon här på ett bra tag", mumlade han. "Jag ser inte ett enda fotspår i sanden."

"Var inte för säker på det. Sanden är så mjuk att den säkert slätas ut med en gång, om någon kliver i den." Cecilia drog av sig skor och strumpor och klättrade försiktigt ur båten. Hon sjönk ner till anklarna i sanden och log förtjust. "Den är verkligen varm, Charlie. Det är skönt."

Hon tog några steg. Sanden rann genast tillbaka i fotspåren. Det enda hon lämnade efter sig var små gropar som säkert skulle slätas ut vid minsta vindpust.

"Ser du?" sa Cecilia och pekade. "De försvinner nästan med en gång."

Charlie skyndade sig av med skor och strumpor, klev ur båten och följde efter Cecilia upp på land. Sandens värme spred sig snabbt från fötterna upp genom hela hans frusna kropp. Varje kliv gav en ny våg av skön värme.

"Vänta!" brast Charlie ut och stannade. "Båten! Vi måste förtöja den. Annars kanske den driver iväg."

Vid en rostig järnögla i båtens för satt ett illaluktande gammalt rep fastknutet. Det var bara ett par meter långt. Charlie stod ett tag med repets fria ände i handen och såg sig om, men hittade ingenting alls att göra fast det vid.

"Vi måste nog flytta båten till något ställe där träd växer alldeles vid vattnet."

Men dimman låg kvar lika tjock över sjön, så de hade ingen större lust att ge sig ut på nytt ens om de höll sig alldeles invid stranden. I stället försökte de dra ekan ännu längre upp i sanden. De grep tag i repet, tog spjärn med sina bara fötter i sanden och drog. Båten gick inte att rubba, hur mycket de än tog i.

"Äsch! Den måste ju sitta säker här", flämtade Charlie efter att de stretat i flera minuter. "Den har kört fast ordentligt i sanden."

"Tror du verkligen det?" undrade Cecilia med tveksamma blickar på den mjuka sanden och det murkna båtskrovet.

"Ja. Vi får hålla ett öga på den. Vi ska ju bara vänta här tills dimman lättar."

Fastän dimman fortfarande låg så tjock över vattnet att ekans akter bara skymtade som en svag skugga i det vita, sken solen på en klarblå himmel över ön. Den sken så starkt att det brände på kinderna. Charlie och Cecilia skruvade sig i sina dyblöta kläder och kisade mot den strålande solen.

"Man kan väl lika gärna passa på att bli lite brun", sa Cecilia. "Jag har hört att solen tar nästan ännu bättre på våren än på sommaren. Den är närmare jordklotet nu."

Hon började dra av sig sina kläder och omsorgsfullt

breda ut dem på sanden till torkning. Charlie sneglade i smyg när hon drog av sig tröjan. Hennes vinterbleka hy var vit som snö i jämförelse med det mörkt rödbruna håret, som hängde i våta lockar långt ner på axlarna.

Charlie skyndade att få av sig kläderna. Han kände hur kinderna rodnade och hoppades innerligt att hon inte skulle märka det. När han ännu kämpade med sina styva jeans stod Cecilia i bara trosorna, och efter ett ögonblicks tvekan tog hon av sig även dem med en kvick rörelse.

Charlie tittade ner i marken. Det hade han aldrig trott att hon skulle göra! Men han var själv blöt ända inpå huden och det var så varmt, luften så frisk och solstrålarna kittlade.

Strax sträckte de ut sig nakna på mage i sanden, med hakorna vilande på korslagda armar och blickarna mot skogsranden inåt ön.

"Tänk, vad skönt att sommaren kommer!" suckade Cecilia.

"Inte en dag för tidigt", sa Charlie och blinkade i det starka solljuset. "Man skulle ha det så här jämt."

På nolltid hade deras frusna kroppar torkat och började sedan svettas. Värmen tryckte på från två håll – den heta sanden under dem och solen högt på himlen. De vände över på rygg, med slutna ögon. Ljuset var så starkt att det sken illrött genom ögonlocken. Sedan vände de på mage, på rygg, på mage igen, tills de var så varma att de inte orkade ligga stilla längre.

Då var deras kroppar täckta från hårfäste till fotsulor av den finkorniga sanden. Den yrde likt små rökpuffar när de borstade av sig.

Nadir

"Förbaskat underligt, egentligen", sa Cecilia, "att det är så dimmigt över sjön, men inte alls här på land."

"De är väl så det fungerar, att dimman hänger kvar längre över vatten."

"Kanske det", sa Cecilia. "Nåja, den ska väl lätta så småningom. Vi kan väl se oss omkring här på ön, så länge?"

Fastän deras kläder var så gott som snustorra, ville de inte kränga dem på sig i värmen och solskenet, utan gick nakna in i skogen. De tog försiktiga steg för att inte skada fötterna på stenar, ris och trädrötter.

Men risken var liten, märkte de snart. Marken täcktes av mossa, slät som gräset på en golfbana och mjuk som kuddar. De vågade snart springa och hoppa mellan träden, ropa högt och klänga i låga grenar. De kände sig som apor i djungeln. Charlie slog sig för bröstet och gjorde en ruskig grimas.

"*Me Tarzan!*" röt han.

Cecilia skrattade och härmade honom. "*Me Tarzan, too!*" sa hon och vred till sitt ansikte i en ännu värre grimas.

De aktade sig för att komma alltför långt från stranden. Träden växte tätt och de hade ingen som helst lust att gå vilse.

"Det kanske är en öde ö, i alla fall", sa Charlie. "Kanske ingen bor här, trots den fina sandstranden." Han spanade mellan trädstammarna åt alla håll, utan att skymta något annat än fler träd.

"Ja, det är verkligen tyst och fridfullt här. Man hör ju inte ens fågelkvitter."

Charlie stannade upp och lyssnade.

"Du har faktiskt rätt", sa han efter en stund. "Inte ens fågelsång. Det var underligt. De kanske vilar sig, så här i värmen mitt på dan."

"Allihop?" undrade Cecilia tvivlande.

De gick några varv bland träden, med öronen på spänn och blickarna ivrigt sökande bland trädens bladverk.

"Jag ser inga djur alls, faktiskt. Inte ens insekter. Gör du?"

"Nej", svarade Cecilia. "Det är underligt."

Charlie försökte komma ihåg hur många ljud han brukade höra när han var i skogen, hur många djur han vanligtvis såg. Det var svårt att säga. Det berodde nog väldigt mycket på vilken tid på dygnet man letade – och vilken årstid. Kanske var förklaringen att det ännu bara var vår och naturen inte hade vaknat till liv? Han trodde inte riktigt att det kunde vara så enkelt men höll tillgodo med det i brist på bättre.

"Det är en annan sak som är konstig också", sa Cecilia.

"Vad då?"

"Allt är så välbehållet. Titta!" Hon visade omkring sig. "Inga döda kvistar eller brutna grenar eller fallna löv. Allt är perfekt."

"Men det beror väl ändå på årstiden? Så här i maj ska ju allt vara fräscht och helt."

"Så här helt? Se dig omkring! Inte en enda skrumpen gren eller fallet träd eller något sådant. Varje blad är stort och grönt och oskadat. Mossan ligger tät överallt."

Charlie höll med om att det var underligt. Alla andra skogar han vandrat i var ordentligt skamfilade.

"Det kan bero på att inga människor kommer och förstör här."

"Tror du verkligen att det bara är därför?"

"Nej", måste Charlie erkänna. "Det är lite för fint, i vilket fall som helst."

"Det är en underlig plats, det här", sa Cecilia. "Verkligt underlig."

De satte sig vid en trädstam, vars bark var precis lika oskadd som allt annat omkring dem. Det var så varmt i skogen att de inte frös fast de var nakna. Knippen av solstrålar silade ner mellan trädkronorna.

"Jag börjar bli hungrig", mumlade Cecilia.

"Jag med."

Just som Charlie sa det fick han syn på en stor grön frukt. Den hängde tungt från en kvist på trädet de satt lutade mot. Ett päron, som såg alldeles otroligt saftigt ut. Charlie kände saliv strömma till i munnen, reste sig och sträckte upp armen. När han stod på tå nådde fingertopparna precis till att snudda vid den frestande frukten. Den gungade till en aning på sin kvist. Det räckte. Päronet föll rätt ner i hans hand.

Det var mjukt och svalt. Charlie tog en stor tugga. Det var till och med godare än det sett ut att vara.

"Här!" sa han och räckte det till Cecilia. "Det finns fler, många fler."

Nästan varje gren dignade av likadana päron. Vart han än sträckte ut handen föll de så fort han nuddade dem, som om de inte väntat på något annat och glatt släppte taget om sin kvist för att plumsa ner i Charlies handflata, som om de längtade efter att bli uppätna.

Men de mindre, omogna päronen var omöjliga att få loss, hur mycket han än drog i dem. De fick vara.

"Underligt att päronen är mogna så här års", sa Cecilia mellan tuggorna. "Och titta! Där är ett körsbärsträd, alldeles prickigt av mogna körsbär. Det är inte möjligt! De borde väl komma till hösten?"

Nu skyndade de runt och hittade flera träd dignande av päron, körsbär och plommon. De åt sig mer än mätta på all frukt som så behändigt föll deras händer till mötes.

Med dästa magar och fingrar och läppar kladdiga av fruktsafterna, sträckte de ut sig i den mjuka mossan.

"Här skulle man ju faktiskt kunna bo", mumlade Charlie med en belåten min. "Alldeles ensamma i skogen."

"Det är nog inte lika kul på vintern."

"Jag vet inte det. Här ser inte ut som om det någonsin blir vinter."

"Det är klart att det blir!" protesterade Cecilia.

Men också hon tänkte att det var en besynnerlig ö de hade hamnat på, med högsommarväder och dignande fruktträd redan i maj. Allt var vackert och behagligt. Hon kunde nästan tro att hon drömde. Charlies tankfullt rynkade ögonbryn visade att han kände ungefär detsamma.

"Vet du vad klockan är?" frågade hon efter en stund. "Vi borde kanske ta oss tillbaka till de andra, innan de tror att det har hänt oss något."

"Jag vet inte, jag lämnade klockan vid kläderna. Men den kan väl inte vara mer än sådär elva eller tolv, eller hur?" Charlie hade ingen lust att fara hem. Vis-

serligen var det verkligen något underligt med den här
ön, men inte alls skrämmande.
   Då hördes en främmande röst ropa till dem:
   "Hallå där nere! Vad är ni för några?"

Hjärtliga hälsningar!

Charlie och Cecilia blev så överraskade att de krockade med varandra när de hastigt vände sig mot rösten. De for upp på fötter och kikade mellan grenarna ovanför sina huvuden.

"Här!" kom ett glatt rop från en ljus röst.

Först syntes en arm som vinkade, sedan resten av kroppen. En pojke, som kunde vara ett par år yngre än de, klättrade vigt nedför trädstammen. Han var naken. Det fick Charlie och Cecilia att komma ihåg att de själva var utan kläder.

Charlie rodnade. Han hade lätt för att bli blossande röd, fast han verkligen inte ville. Varje gång han tänkte att nu fick han verkligen inte rodna, så gjorde han det. Nu också. Den främmande pojken, som tog ett skutt ner i mossan, verkade inte det minsta blyg.

"Hjärtliga hälsningar!" sa han med det bredaste leende, omfamnade och kysste dem båda – mitt på munnen.

"Hej", mumlade Charlie tafatt, drog handen över sin mun utan att tänka på det och stirrade med stora ögon på nykomlingen.

Pojken var huvudet kortare än Charlie och så mager att man kunde räkna revbenen. Håret var mörkbrunt och tovigt, som om det aldrig hade kammats. Han log brett och tittade nyfiket på dem, först på Cecilia och sedan på Charlie, från hjässa till tår. Han gick till och med ett varv runt för att se dem från alla håll och drog prövande i Charlies pannband.

"Ni ser lustiga ut", kommenterade han förtjust och kliade sitt vildvuxna hår.

"Du med", skyndade sig Charlie att svara. "Din hud glänser, fast du inte är våt."

Det var sant. Pojkens skinn glänste som om det var täckt av glas. Det vore alldeles naturligt om han var blöt men det var han inte, så mycket hade Charlie lagt märke till när pojken kramat honom. Ändå glänste han.

"Javisst", sa pojken. "Varför gör inte er hud det?"

"Ska den det?" frågade Cecilia, lade huvudet på sned och krökte ögonbrynen.

"Det är klart att den ska! Se på er själva. Ert skinn är matt och trist som sand, eller hur? Det duger inte."

Charlie och Cecilia tittade på sig själva. Nog såg de lite dammiga ut i jämförelse med pojken. Dessutom var deras hy mycket blekare än hans.

"Men jag tror att jag vet vad det beror på. Ni har nog inte badat i Elixir. Stämmer det?"

"Vad är Elixir?" frågade Cecilia.

"Vet ni inte det? Hur är det möjligt! Var kommer ni ifrån, egentligen? Jag har aldrig sett några som er förut."

"Därifrån", sa Charlie och pekade åt det håll han trodde stranden låg.

"Jaha", sa pojken utan att ens titta åt det håll Charlie pekade. "Men nog med prat nu — kom med till de andra."

"Vilka andra?" frågade Cecilia och såg sig omkring.

"Alla andra, förstås!" Han skakade på huvudet. "Ni är lustiga, ni. Vet ingenting. Kom nu! Crux får förklara för er."

Han skuttade genast iväg som ett rådjur mellan träden. Charlie och Cecilia hade ett väldigt sjå att hålla jämna steg med honom, trots att han var huvudet kortare än de. Och hela tiden pratade han utan att bli det minsta andfådd.

"Elixir är det leende livets källa", ropade han till dem. "Det vet alla. Elixir sköljer bort skuggan. Ni ska få se. Ni ska också skina, ni ska också tvättas rena hela vägen in! Det ska jag se till, så sant som att jag heter Muska. Vad heter ni?"

De svarade, flämtande som blåsbälgar.

"Sali och Sesia? Vilka underliga namn ni har. Sådana namn har jag aldrig hört förr", sa Muska, som fortfarande inte var ett dugg andfådd, fast han rusade på framåt. "Och jag har hört många namn, ska ni veta. Fler än det går att räkna till."

"Nej, inte så", fick Charlie ur sig. "Charlie och Cecilia heter vi."

"Javisst, det var ju vad jag sa! Sali och Sesia. Ni är bleka och matta i huden, ni vet inget om Elixir och ni heter inte som någon annan. Ni är underliga. Jag känner många, ska ni veta – fler än det går att räkna – men ingen så underlig som ni två, Sali och Sesia."

"Kan vi inte ta det lite lugnare?" flämtade Charlie och brydde sig inte om att rätta Muska en gång till. Han var ordentligt andtruten, med värkande ben.

"Varför då? Vill ni inte träffa alla de andra?"

"Jovisst!" försäkrade Cecilia, nästan lika andfådd som Charlie. "Men vi har svårt att hinna med dig. Och de försvinner väl inte, de där andra, om vi dröjer lite?"

"Det är för att ni tittar ner i marken när ni springer", sa Muska utan att sakta in på stegen. "Varför gör ni det? Det är ju inte dit vi ska. Vi ska däråt – rakt fram."

Muska gick inte att hejda, så de härmade honom och lät bli att se efter var de satte ner sina fötter – på marken fanns ändå inget annat än den mjuka mossan. Då gick det lättare att hänga med. Luften var så frisk och väldoftande att de fick ny ork för varje ordenligt andetag.

Muska hann berätta en hel del på vägen. Ord trillade ur hans mun med samma fart som stegen i hans språngmarsch. Ibland snubblade orden på varandra, så ivrig var han.

Mycket blev sagt som Charlie och Cecilia inte kunde få någon rätsida på, men de förstod en del av allt han berättade. Det var tydligen så att Muska bodde här, mitt i skogen. Föräldrar hade han inga – verkade inte ens förstå vad det var för något – men han var inte alls ensam. Muska berättade om många vänner med konstiga namn, som levde tillsammans med honom och som de snart skulle få träffa.

Muska och hans vänner levde i flock, som vilda djur. De åt av trädens frukter, drack sig otörstiga ur Elixir och visste ingenting om världen utanför sin skog. Muska hade inte ens varit nere vid stranden. Det verkade som om han inte visste om att han levde på en ö. När de frågade honom om sådana saker sa han bara jaha och verkade inte alls begripa, knappt ens höra.

"Men vad är det här för plats, då?" undrade Charlie mellan andhämtningarna. "Har den något namn?"

"Det är klart att den har", svarade Muska. "Den heter Zenit, ljusets värld, lyckoland. Vi är alla barn av ljuset, vi leker och känner glädje över att finnas till. Så är Zenit."

"Zenit", upprepade Cecilia. "Det är ett vackert namn. Det passar den här platsen, som har högsommar och mogna frukter på träden redan i maj."

"Ja, vad skulle det annars kunna heta?" svarade Muska. "Det måste heta Zenit, eftersom det är Zenit det är. Annars vore det något annat, och det är det ju inte."

"Nej, det är klart", mumlade Cecilia och kunde inte låta bli att le. "Eller hur, Charlie – visst måste det vara så?"

Charlie skakade på huvudet åt alltihop.

"Var är alla de andra, som du berättat om?" frågade Cecilia och såg sig om. Förutom Muska hade hon inte sett en levande själ på hela deras språngmarsch.

"Å, här omkring. Det vet man inte så noga. Kanske kommer de till Elixir, eller till Stenstodsgläntan, vårt läger. Där samlas vi alltid för att sova skymning."

"Skymning?" upprepade Cecilia förvånat.

"Ja, du vet, den dunkla tiden mellan kväll och morgon."

"Men blir det aldrig natt här, med verkligt mörker?"

Både vid ordet 'natt' och 'mörker' ryckte Muska till, som av örfilar, och för första gången försvann leendet från läpparna.

"Aldrig!" sa Muska och rös. "Mörker? Hu! Hemska tanke!"

Cecilia och Charlie tittade på varandra. De skulle ha varit säkra på att Muska var alldeles knasig som påstod att det aldrig blev mörkt, om det inte vore för den sagolikt vackra naturen, värmen, alla dofter, tystnaden och trädens många frukter. Den här platsen, den här ön som Muska kallade Zenit, lyckolandet, var så fantastisk att man skulle kunna tro vad som helst om den.

Stenstodsgläntan

När de hade sprungit många hundra meter genom den täta skogen hördes röster, skratt och rop. Muska ökade takten ytterligare, for som ett rådjur mellan träden och svepte undan grenar i sin väg så lätt som om de vore av gummi. Det verkade inte finnas något i hela skogen som man kunde göra sig illa på.

Träden växte allt tätare, till slut så tätt att även Muska måste sakta in en smula för att slinka mellan dem. Charlie och Cecilia blev ändå långt efter. Rätt vad det var så hade de förlorat honom ur sikte.

"Vart tog han vägen, den där rackaren?" mumlade Cecilia och spanade mellan trädstammarna, som stod så tätt att hon bara precis kunde slinka mellan dem.

"Däråt", sa Charlie och pekade osäkert framför sig. "I den riktningen, tror jag."

De fortsatte i samma riktning som de kommit springande och efter bara ett tiotal steg öppnade sig en cirkelrund glänta framför dem. Den var ungefär tjugo meter i diameter. Träden växte särskilt tätt och trångt runtom, som om de var nyfikna på vad som hände där inne.

I gläntans mitt låg en blank svart sten, helt slät och cylindrisk till formen. Den nådde en meter upp över mossan och var ett par meter bred. Stenen såg ut som sockeln till en stor staty.

"Stenstodsgläntan!" förklarade Muska, som stått och väntat på dem vid skogsranden.

"Vi anade det", sa Cecilia.

De hade stannat alldeles vid gränsen till gläntan. Framför dem stojade tjugotalet barn, mellan ungefär fem och tolv år gamla, alla helt nakna. De verkade inte alls lägga märke till nykomlingarna. En och annan kastade en blick åt deras håll och fortsatte sedan med sin lek. Charlie och Cecilia stirrade desto mer.

Varenda en var lika solbränd och blank i hyn som Muska. De var lika spralliga som han, också. Det var ett väldigt liv. De sprang omkring, hoppade och skuttade, skojade och skrattade som på en nöjespark. Charlie kom att tänkta på kaniner. De verkade så obegripligt sorglösa, alla dessa barn med blänkande hud.

En av dem kom fram och fingrade på Charlies pannband. Det var en flicka, kanske ett år yngre än han, med långt svart hår och runt ansikte.

"Vad är det här?" undrade hon.

"Ett pannband", svarade Charlie. "För att hålla håret på plats."

"Tappar du det annars?"

Charlie skakade på huvudet och kände hur rodnaden höll på att komma.

"Jag har inte sett dig förut, är du en nykomling?"

"Ja, det är han", sköt Muska in. "Det här är Sali och Sesia. De är nykomlingar båda två, de har inte ens badat i Elixir ännu."

"Det syns", sa flickan och granskade deras kroppar lika grundligt som Muska gjort. "Ni är bleka som molnen på himlen."

"Det är ingenting emot hur de såg ut när jag hittade dem!" sa Muska. "De ser mycket bättre ut nu, ska du veta."

"Det är säkert bara för att vi är varma efter språngmarschen", invände Cecilia.

Fler barn samlades omkring dem. Många ville peta på Charlies pannband, andra gick granskande runt både honom och Cecilia och nöp dem försiktigt i skinnet. De kände sig som djur på ett zoo. Muska upprepade med hög och stolt röst vad de hette – så gott han fattat det – och hur han hittat dem.

"Upp med dem på stenstoden!" ropade någon och genast upprepades det av flera strupar. "Upp på stenstoden!"

Charlie och Cecilia drogs och knuffades av ivriga händer mot gläntans mitt, där de puttades upp på den kala stenen. På den fick de stå och härda ut de granskande blickarna. Utan att tänka på det hade Charlie fångat Cecilias hand i sin. De stod tysta en lång stund och väntade på att alla dessa vidöppna ögon skulle se sig mätta. Fast de var lika nyfikna på alla de stirrande barnen fick blygseln dem att slå ner sina blickar.

Muska stod närmast, alldeles intill stenstoden. Han hade en mäkta stolt uppsyn.

"Det var jag som fann dem och tog dem hit, ska ni veta!" deklarerade han igen och igen.

"Muska", viskade Cecilia till honom efter någon minut, "hur länge ska vi behöva stå här? Jag vill ner nu."

Utan att vänta på svar tog hon ett bestämt kliv ner och drog Charlie med sig. Det var så trångt omkring dem att de inte kunde flytta sig ett enda steg från stenen. Flickan med det svarta håret sträckte sig fram och gav båda en puss på munnen.

"Hjärtliga hälsningar! Jag heter Dorado", sa hon. "Jag är glad att ni har kommit."

Hon fäste sin mörka blick på Charlie. Han bara rodnade som vanligt och hade nog gärna sagt något till svar, men hittade inga ord.

"Vi ska inte stanna så länge", muttrade Cecilia och tryckte Charlies hand hårt i sin. "Bara tills dimman lättar."

"Jaha", sa Dorado och verkade inte alls lyssna. Hon slog sig ner på andra sidan om Charlie och tog hans fria hand. "Jag är glad att du är här, Sali."

"Charlie", rättade han mumlande och kastade blicken mellan henne och Cecilia, som tittade åt ett annat håll.

"Ja", svarade Dorado. "Sali. Det sa jag ju."

Charlie ryckte på axlarna och lät det vara. Fler kom fram, gav dem en puss, hälsade och satte sig bredvid dem. En pojke som hette Crux, med ovanligt långa armar och ben, verkade vara den äldste. Han uppträdde lite grann som en ledare men var väldigt vänlig och lade armen om Cecilia.

"Vi är glada att ni har kommit", sa han och log – inte alls så brett som Muska, utan mildare, mer kamratligt.

Ara hette en yngre ficka med storlockigt gult hår, som räckte ända ner till höfterna. Hon stirrade oavbrutet på Charlie och Cecilia, utan att säga ett ord. En annan flicka, Akvila, var desto mer talför. Hon avbröt ofta såväl Crux som de andra, men hade ett så glatt humör att ingen blev stött av det. Fast hon verkade yngre än Crux var hon lika stor till växten och kraftigare om armar och ben. Hon dunkade glatt Charlie i ryggen så han nästan föll omkull.

"Ha inte sönder nykomlingarna!" klagade Dorado, men Akvila bara skrattade.

Timmarna gick och solen sjönk ner bakom träden. Fortfarande var uppståndelsen stor runt Charlie och Cecilia. Muska, som hade försvunnit ett tag, kom tillbaka och satte sig hos dem tillsammans med en jämnårig pojke. Han hette Pavo och hade stora, runda ögon som aldrig blinkade. Trots att han var kortare än till och med Muska, hade han den allra mörkaste rösten. Hans skratt lät som hostningar.

I takt med att himlen mörknade kom allt fler och satte sig hos dem. Charlie och Cecilia hade ingen chans att lära sig alla namn eller hålla isär alla ansikten.

De satt tätt ihop. Det var varmt och gemytligt. Cecilia hade hamnat bredvid Crux, och det hade ingen av dem något emot. Crux var till och med lite generad, verkade det som – i alla fall var hans kinder lite rodnade. Det tyckte Cecilia var en skön omväxling, dessförinnan hade det ju bara varit hon och Charlie som blivit besvärade av uppmärksamheten.

"Vad är det här för ställe, egentligen?" frågade hon Crux. "Det är inte som någon annan plats jag känner till."

"Inte jag heller", sa Charlie, mest för att Crux inte bara skulle titta på Cecilia.

"Zenit, lyckolandet", svarade Crux och log med hela ansiktet. "En bättre plats kan inte finnas."

"Det har du nog rätt i", mumlade Cecilia och drog in ett djupt andetag av den friska luften.

"Men det finns en värre plats – mycket värre."

"Vilken då?" undrade Charlie. "Jag kan tänka mig hundratals."

"Nadir", svarade Crux med mörk stämma.

När Crux sagt det, blev det alldeles tyst omkring dem. Alla som hört honom – och det var nästan varje barn i gläntan, så tätt som de samlats – höll andan och öppnade ögonen stort.

"Nadir?" upprepade Cecilia undrande, och såg efter om det hade samma effekt på barnen som när Crux sagt det. Jodå, de spärrade upp sina ögon ännu mer.

"Berätta, Crux", bad Dorado, som låg på andra sidan om Charlie och pillade förstrött med hans pannband. "Berätta om Zenit och Nadir."

Crux berättade om sådant som han fått höra för länge sedan – legenden om Zenit och Nadir, ljusets och mörkrets världar, om var människor föds och vart de tar vägen när de försvinner. Alla lyssnade andäktigt, fast det verkade som om de flesta hade hört samma berättelse många gånger förr.

Legenden

"Före allting annat", berättade Crux med sin mjuka röst, "fanns bara dag och natt, långt ifrån varandra. Det fanns ingen skugga i dagens ljus, och natten var helt svart. Dag och natt seglade omkring i var sitt hörn av universum, som annars var alldeles tomt. Dagens kärna var solen, den eviga eld som lyser upp allting. Nattens kärna var månen, som var svart och mycket kallare än till och med Elixirs vatten. Tiden gick och gick, och dag kom allt närmare natt. De svävade mot varandra, över väldiga avstånd. Till slut kolliderade de."

Crux slog ihop handflatorna med en smäll, som fick Charlie och Cecilia att rycka till och dra in andan.

"Det blev en väldig knall! Dag och natt slog ihop så det dundrade och gnistrade. Sol och måne hade krockat. Alla de tusentals gnistor som slog ut vid krocken är stjärnorna, som man kan se glimma uppe på himlen när skymningen är som tätast. Månen fick många ärr och bucklor. De syns fortfarande tydligt på dess yta. Solen tände eld på den, så att också månen sprider ett ljus – fast det värmer inte, och det finns bara på den sida som slog ihop med solen. Se!"

Crux pekade rätt upp mot skymningshimlen, där månen lyste klar och spöklik. Det var halvmåne. Alla vände sina blickar dit. Crux fortsatte:

"Ni ser hur ljuset kämpar med mörkret på månens yta. Ibland har det spritt sig över hela ytan och ibland har nästan allt slocknat, utom en liten flamma i månens yttersta kant. Allt sedan krocken sitter dag och natt fast i varandra. Mellan dem har bildats ett skymningsrike, där det varken finns dag eller natt – bara ett grått töcken. På ena sidan om skymningsriket ligger ljusets värld och på den andra mörkrets. Båda världarna föddes i smällen, bildades av det stoft som lossnade från sol och måne. Vår värld Zenit ligger på den ljusa sidan, närmare solen. Här är varmt och ljust och skönt att leva. Men Nadir", sa Crux med mörk röst och bister min, "Nadir ligger närmare månen. Där är natt och kallt."

Alla barn ryste, som om en iskall vind for förbi.

"En gång varje dygn doppas båda världarna i skymningsriket. Då ljusnar Nadir och Zenit mörknar, så att de blir varandras likar. Då ska man hålla sig tätt tillsammans och gå försiktigt omkring, annars kan man råka kliva in i den andra världen..."

Ytterligare en rysning gick genom barnen.

"Allt stoft som lossnade från sol och måne, det blandades vid smällen. Därför består varje levande varelse av både dag och natt, både ljus och mörker. Vi som lever i ljusets värld har solstoftet på vår utsida och månens mörka stoft inom oss. I våra svarta pupiller och djupt ner i våra gap syns mörkerstoftet. I Nadir är det precis tvärtom. Där är människorna mörka på utsidan och ljusa inuti, så deras ögon lyser som stjärnorna och det kommer eld ur deras gap när de rapar."

Det tyckte Muska var roligt. Han och Pavo pressade ur sig flera högljudda rapningar. De skrattade.

"Varför kommer inte mörker ut när vi rapar?" frågade Muska.

"Det är för att ljuset är starkare än mörkret", svarade Crux. "Solen tände eld på månen, men månen lyckades inte ens lämna minsta mörka fläck på solens yta. Det kommer mörker ur oss när vi rapar, men det förmår ingenting mot ljuset i vår värld, så det syns inte."

"Det är tur det", sa Muska, "för annars skulle man inte våga säga ett enda ord – då kunde ju mörkret slinka ut! Och jag har ibland svårt att hålla tyst, ska ni veta."

"Det vet vi redan", sa Cecilia med ett leende och puffade honom i sidan med armbågen. "Det var det första vi fick lära oss här i Zenit."

"Ja tänk", sa Pavo fnissande, "hur mörkt det skulle bli runt Muska, om inte ljuset vore starkare!"

"Ljuset ska segra", sa Crux högtidligt. "Det är säkert! Det kommer att dröja länge än, men solens eld sprider sig. En gång kommer allt att vara dag. Natten ska vara borta och inga skuggor finnas, inte heller något skymningsland. Men då försvinner också vi. Hela Zenits värld och Nadirs värld går upp i rök. För vi finns till i blandningen av ljus och mörker. När det blir bara ljus, då finns ingen av oss längre till. Då är allt bara ljus. Men det dröjer länge, länge än."

"Det är bra det också", sa Muska, "för jag vill gärna finnas till många fler dygn."

"Ja, passa på att njuta av alla de dagar du får i ljuset", sa Crux allvarligt. "Tänk på rövarna från Nadir!"

"Rövarna!" flämtade Muska och blev genast alldeles blek.

Flera av de andra spärrade upp sina ögon och såg skrämda ut.

"Vad är det för figurer?" undrade Charlie oroligt och kunde inte låta bli att se sig om i skymningsdunklet. Allt han såg utanför Stenstodsgläntan var de svarta silhuetterna av trädens kronor mot den mörkblå himlen, där stjärnor tindrade svagt och halvmånen lyste vit.

"Det händer ibland", förklarade Crux, "att folk från Nadir lyckas ta sig hit. De hoppar mellan våra världar när skymningen ligger ovanligt tät. Det är rövarna. De kommer i sina svarta skepnader och rycker med sig någon av oss, någon som ljusets låga är gammal och trött hos – någon som är nära att mörkna. När de lägger sina svarta armar om en sådan stackare, då flyr det svaga ljuset från hans hud och tränger djupt in i kroppen på honom. Och mörkret där inne kommer upp på ytan så att han blir lika svart som de. Då blir han en av Nadirs skuggmänniskor, med allt ljus inom sig... Men rövarna vågar inte famna dem som har starkt ljus på kroppen, för då fattar de själva eld och blir som vi, med allt mörker inlåst innanför huden. Alla i Zenit och Nadir är vi ju skapta av både mörker och ljus. Somliga i mörkrets värld smittas av elden och blir som vi. Somliga av oss fångas av mörkret. Så håller det på, fram och tillbaka."

"Hela tiden?" undrade Charlie och kände att han blev trött bara av att tänka på det. "Är det en jämn kamp – oavgjort i längden?"

"Nej, nej!" sa Crux med eftertryck. "Ljuset är starkare än mörkret. Vi blir fler och de blir färre. Så är det! En dag ska alla vara ljusa som vi och leva i Zenit. Nadir blir öde och ljusets lyckoland vidgar sina gränser över dess marker. Då kommer en kort tid av härlig lycka för oss alla – utan skuggor, utan kyla, mörker eller skymning – innan allt blir ljus och vi inte längre finns."

"Så är det med alla nykomlingar", sköt Dorado in. "De kommer från Nadir, men har förvandlats. Ni också, Sali och Sesia."

"Vi?" brast Charlie ut. "Nej, inte vi, för vi kommer därifrån." Han pekade, utan att veta om det var åt rätt håll.

"Jaha", sa Dorado och verkade inte alls ha lyssnat. "Man minns ingenting, för man är som en ny människa. Men det är så. Ni kommer från Nadir. Det har vi alla gjort någon gång. Vi var mörkermänniskor förr och ljusmänniskor innan dess. Man växlar, man förvandlas. Så håller det på och så har det hållit på, ända sedan sol och måne krockade."

Crux hade inte mer att berätta. En högtidlig stämning lade sig bland alla barn, som fyllde hela gläntan. De kröp ihop inpå varandra, tätt omslingrade, och lutade sig tillbaka. Ingen kände någon lust att prata. Skymningen var inte tätare än att man kunde se varandra ganska tydligt, men det var ändå frestande att sluta ögonen.

Cecilia och Charlie kände sig också trötta. De sjönk ihop skuldra vid skuldra, tätt tryckta mellan Dorado och Crux. De såg på himlen att den verkligen inte skulle bli mörkare. Det höll redan på att försiktigt ljusna, långt borta, men marken låg fortfarande i djup skugga.

"Vi kanske drömmer", mumlade Charlie prövande. "Vi kanske fortfarande flyter omkring på ekan, mitt i dimman."

"Ja kanske", svarade Cecilia tveksamt, samtidigt som hon lät fingrarna glida fram och åter över den mjuka mossan. "Men det känns väldigt verkligt, ändå."

"I så fall", fortsatte Charlie efter ett tag, "är det bara att somna – för då måste vi väl vakna? Man kan väl inte drömma att man sover, det skulle ju bli alldeles tokigt." Ögonlocken började bli tunga, så han hade inget emot att försöka.

"Vem vet?" sa Cecilia. "Men det blir konstigt. För om jag drömmer det här, då är du inte verklig, utan bara en figur i min dröm."

"Det kan ju vara jag som drömmer", skyndade sig Charlie att flika in. "Då är det du som inte är verklig."

"Inte kan vi båda drömma samma dröm? Det måste vara en av oss som drömmer det här."

"Ja, det är jag", sa Charlie bestämt. "Annars kan jag ju inte veta om mig själv, liksom." Han tryckte pekfingret mot tinningen. "Jag vet ju här inne att jag inte bara är en annans fantasi." Det konfunderade uttrycket i hans ansikte avslöjade att han inte var riktigt säker.

"Men jag kan säga samma sak, Charlie. Det måste vara jag som drömmer. Och hur går det ihop? Då kan det väl inte vara en dröm?"

"Jag vet inte riktigt", mumlade Charlie tankfullt och kliade sig under pannbandet. "Om jag drömmer det här, så är det klart att du säger detsamma. Annars skulle inte drömmen fungera. Du kunde ju inte säga att du inte var verklig, eller hur? Du kunde ju inte plötsligt säga att jag har rätt, att det är jag som drömmer och du bara är en av mina drömfigurer?"

De tittade skarpt på varandra och tänkte noga efter.

"Det där går inte att reda ut. Vi får vänta och se", sa Cecilia och vände blicken mot den mörka stenstoden. "Det reder nog ut sig med tiden."

Charlie slöt ögonen, tryckte kinden mot Cecilias skuldra och tog ett djupt andetag. Dorado hade somnat med huvudet i hans knä.

Det är nog en dröm, tänkte Charlie. Måste väl vara det, eftersom allt är så vackert. Han fick små tårar innanför sina slutna ögonlock. Så vackert. Jag drömmer nog. Han tänkte på vad han och Cecilia sagt. Säkert skulle man vakna ur en dröm om man somnade i den. Det var han på väg att göra nu, trött som om han inte sovit på flera dygn.

Snart får jag veta, tänkte Charlie. Snart får jag veta om det verkligen är en dröm, alltihop.

Elixir

Sakta, sakta insåg Charlie att han höll på att vakna. Han hade sovit tungt, det kände han, och haft många drömmar. Den sista, den han just vaknade ur, skulle han kunna minnas med bara en liten ansträngning. Säkert skulle han också kunna koppla av helt och sjunka tillbaka in i den. Men varken det ena eller andra hade han lust till.

Det var dags att vakna. Om han sov längre skulle han bara bli tung i huvudet och trög som pepparkaksdeg i kroppen. Charlie undrade vad klockan kunde vara – säkert över åtta, kanske nio eller tio. Han skulle bara behöva öppna ögonen och vända blicken mot klockradion, som stod på byrån vid garderoben, för att få besked. Men det var så skönt att ligga där med slutna ögonlock och vakna riktigt långsamt. Han hade ju all tid på sig, eftersom det var helg – så mycket kom han ihåg.

Han undrade om föräldrarna redan var uppe, det skulle ge en ledtråd om tiden. Hur han än lyssnade hörde han ingenting annat än ett svagt susande, som borde vara ventilationen. Då var nog inte klockan så mycket. Eller var det så sent att de redan hade gått ut på en av de långa skogspromenader de brukade ta på helgerna?

Det fick vara som det ville med den saken. Charlie

tänkte ligga och dra sig en god stund till. Det var varmt i rummet, han frös inte ett dugg fast han tydligen sparkat av sig täcket under natten, eftersom han inte kände det mot kroppen. Däremot var det mindre lyckat att han också hade puttat undan kudden och låg med huvudet direkt mot madrassen. Det tryckte hårt mot örat, inte alls bekvämt. Fortfarande utan att öppna ögonen famlade hans hand efter kudden. Bredvid honom låg något stort och bulligt som han fick grepp om, men det var inte alls kudden.

Charlies ögonlock for upp. Han tittade rakt in i Cecilias bruna ögon.

"God morgon!" hälsade hon med hurtig röst och ett brett leende. "Har du sovit gott?"

"Vad gör du här?" brast Charlie ut och blinkade några gånger för att vara säker på att han verkligen såg rätt. Då lade han märke till att hon var spritt språngande naken.

"Ja, vad gör du själv här?" replikerade Cecilia och log ännu bredare.

"Vad menar du?"

Charlie var förvirrad men samtidigt hade han en aning, som fick honom att se sig om.

De var inte alls i hans rum. De var utomhus, med blå himmel ovanför dem och grön mossa under dem. Omkring fanns mängder av barn, säkert femtio, som låg och sov tätt ihop på marken. De var lika nakna som Cecilia – och han själv! Först nu gick det upp för honom att han inte hade ett enda klädesplagg på sig. Med en gång blev han het om kinderna och tittade rakt upp mot himlen.

Nadir

"Var är jag?"

"Kommer du inte ihåg det?" undrade Cecilia fnissande.

De låg i en skogsglänta, som solen strålade ner på. Först när Charlie fick syn på den svarta stenstoden bakom hans huvud gick det upp för honom.

"Zenit! Vi är kvar här!" Charlie blev klarvaken. "Då drömde vi inte."

"Nej, varken du eller jag", svarade Cecilia. "Allt det här måste vara verkligt. Visst är det fantastiskt!"

Charlie sträckte på sig, gäspade och kliade sig i håret. Där satt pannbandet kvar. Det skavde en smula mot huden, eftersom det suttit på hela natten. Han drog av det och skakade sitt långa hår. Samtidigt som minnet från gårdagen blev klarare, lät han blicken glida över alla barn som låg huller om buller i den tjocka mossan. Flera hade börjat vakna – kanske av hans och Cecilias ordväxling.

"Hjärtliga hälsningar!" sa de till varandra med grus i ögonen, omfamnades och kysstes.

Många kände Charlie igen. Den långa Crux, som hade berättat om Zenit och Nadir kvällen innan, satte sig upp och lutade ryggen mot stenstoden. Muska och hans vän Pavo kravlade sig fram och hälsade glatt. Flickan med det långa svarta håret, Dorado, syntes inte till. Men när Charlie sträckte sig upp för att se om hon låg längre bort, kom hon skyndande fram ur skogen med famnen full av frukter.

"Hjärtliga hälsningar, Sali!" sa hon och hällde ner frukterna framför Charlies fötter. "Jag tänkte att ni skulle vara hungriga när ni vaknade."

"Ja tack!" sa Charlie och tog för sig.

Det gjorde också de andra. Plommon, päron och körsbär – svala, fräscha frukter som tänderna halkade igenom.

"Så här skulle man ha det jämt", sa Charlie med munnen full av saftigt fruktkött. "Det är som att leva på bara efterrätter."

"Det är nog inte så nyttigt i längden", invände Cecilia, fast hon tog för sig med lika stor förtjusning.

"Nu", sa Crux och sträckte på benen, när de hade ätit färdigt, "ska vi bada i Elixir. Ni behöver doppa er många gånger för att bli lika blanka som alla vi andra."

En stor grupp av barnen satte av i glatt språng genom skogen. De som fortfarande var hungriga ryckte frukter från lågt hängande grenar, utan att sakta av på farten.

Charlie och Cecilia blev andfådda men inte lika trötta som dagen innan, då de hade jagat efter Muska. Redan hade de vant sig vid den mjuka marken, som deras bara fötter kunde kliva riskfritt i, och träden som på något märkligt sätt aldrig var i vägen.

Strax var de framme vid en glänta i skogen, större än den med stenstoden. Träden lämnade plats för en slät berghäll, som välvde sig ner mot en liten sjö. Den var inte större än en basketbollplan.

Här sken solen ännu klarare och vattenytan gnistrade som briljanter. På andra håll runt stranden sträckte sig mossmarken ända fram till vattnet, tunga lövträd doppade sina grenar i det och där fanns vass och stora vita näckrosor.

"Se!" sa Crux. "Elixir, det läkande vattnet. Här kan

ni bada och dricka och bli rena, så att er hud glänser lika klart som på oss. Kom!"

Han skyndade nedför berghällen och kastade sig i vattnet. I strid ström efter honom plumsade alla de andra barnen också i. Charlie och Cecilia var inte långt efter. Den vackra vyn och alla gnistrande solreflexer hade genast gjort dem yra. De längtade efter vattnets svalka, att skölja svetten från huden. De glömde till och med att först känna efter om vattnet var kallt.

Det var det. Iskallt. Vattnet bet så hårt i skinnet att de brast ut i små skrik. Ändå ville de inte tillbaka upp på land. De tog kraftiga simtag och andades hastigt i kylan, men det var verkligen skönt.

Muska och Pavo dök under ytan och simmade mellan benen på de andra. De flaxade med armar och ben, ungefär som hundar simmar, och sprutade långa strålar av vatten ur sina munnar när de kom upp till ytan. Crux och Dorado grep tag i varandras händer och dansade runt, runt, så fort de förmådde. Det gick inte så raskt, eftersom vattnet räckte dem upp till bröstet, men de rev upp ett ordentligt svall.

Det såg ut som fyrverkeri när solstrålarna studsade mot alla vattendroppar som barnen stänkte omkring sig.

Charlie och Cecilia hade gripits av samma yra. De förde minst lika mycket liv, hoppade och dök under vattenytan och skrattade högre än de någonsin gjort förut.

Muska och Pavo drog i dem och knuffades och ville få dem allt längre ut i sjön. Hur långt ut de än kom var det aldrig djupare än att de gott och väl bottnade.

Det kalla vattnet tryckte mot kroppen och gjorde dem alltmer spralliga, för att hålla sig varma. Muska var överallt omkring dem, tjöt och skrattade och kastade sig mellan dem med sådan fart att Charlie och Cecilia kom av sig. Snart stod de stilla med vatten upp till bröstet och tittade på Muskas framfart.

"Han verkar ha ett inbyggt tivoli", sa Charlie.

"Ja, men jag blir också mycket piggare här i vattnet", konstaterade Cecilia. "Det beror nog på att det är så kallt och friskt. Men det är klart", fortsatte hon med ett leende och en menande blick på Muska, "det finns ju gränser."

"Visst är det skönt!" ropade Muska genom vattenkaskaderna han slog upp omkring sig. "Visst är ni glada att vi tog er hit?"

Det höll de med om. Nu hade de vant sig vid kylan. Den var inte längre isande, utan behaglig – som att krypa ner mellan svala lakan.

"Blir vi blanka nu?" undrade Charlie och lyfte en arm för att se efter. Nog blänkte den, men det måste vara av vattnet.

"Ni måste dricka också", förklarade Crux och visade dem genom att gapa vid vattenytan och ta några djupa klunkar.

Charlie och Cecilia drack försiktigt. Det var lika kallt och friskt som det kändes mot kroppen och smakade inte alls som vanligt vatten.

"Visst påminner det lite grann om fläderblomssaft?" sa Cecilia.

"Det har jag aldrig smakat." Charlie kände vattnet rinna nedför strupen, landa i magen och sprida svalka inuti hans kropp. "Jag tycker att det smakar ungefär som iste – svagt iste utan socker. Ändå är det gott!"

Charlie tog några klunkar till och sedan ännu fler. Fast han inte varit särskilt törstig blev han det av att smaka på vattnet. Han hade fått i sig en hel del innan han var nöjd. Samma gjorde Cecilia.

"Nu blir ni blanka", försäkrade Crux högtidligt.

Hur mycket de än sprattlade och for runt var det omöjligt att stanna länge i vattnet, så kyligt som det var. Solens heta strålar lockade dem upp på land. Vattnet rann av dem i små strilar, som sökte sig nedför klippan och tillbaka till sjön.

Trots att Charlie och Cecilia hade befunnit sig i det kalla vattnet en god stund, varken huttrade de eller kände sig det minsta frusna, när de väl kom upp ur det. De ville veta om badet i Elixir verkligen hade gjort något åt deras hud. Så fort solskenet torkat dem, och det tog inte många minuter, undersökte de varandra med stora ögon och jämförde med Muskas solbrända hy, för han satt närmast dem. Det var svårt att säga helt säkert, men nog tyckte alla tre att Charlie och Cecilia hade blivit både blankare och en smula mörkare i hyn. Fast det var långt kvar till Muska, som glänste i solljuset.

"Det kommer, det kommer", försäkrade Muska. "När ni har badat några gånger till kommer ni att vara lika blanka som alla andra. Kanske inte som mig, förstås, för jag är en av de allra blankaste och brunaste, ska ni veta."

"Ni ser snart ut precis som vi", lovade Crux. "Det går fort."

"Menar du det?" sa Charlie lyckligt och sneglade på Elixirs klara vatten. Vore det inte så kallt skulle han genast hoppa i på nytt och inte lämna sjön förrän han glänste som en julgranskula.

Lynx

Vartefter tiden gick försvann flera barn åt olika håll i skogen. Dorado drog iväg med Crux bort till ett ovanligt högt träd, som hon tidigare på morgonen lyckats klättra upp till toppen på. Det ville hon göra om med honom som vittne. Muska och Pavo hade simmat till sjöns motsatta strand och försvunnit in bland träden där.

Snart var Charlie och Cecilia ensamma. De reste sig och gick hand i hand stillsamt in i skogen. Det blev snart alldeles knäpptyst omkring dem. Solstrålarna skar ner som spjut mellan trädens tjocka bladverk. Skogen skimrade i många gröna färgtoner och doftade som parfym.

"Visst är det vackert!" sa Cecilia och kramade Charlies hand.

"Rena Paradiset", sa Charlie. "Här skulle man stanna för alltid."

Han sneglade på Cecilia. Charlie begrep att de inte kunde stanna, hur gärna de än ville. Egentligen borde de genast söka sig tillbaka till båten. Folk måste undra vart de tagit vägen, kanske var de efterlysta och massor av människor gick skallgång efter dem. I så fall borde de väl när som helst dyka upp här?

Men det verkade på något sätt omöjligt med vuxna

– föräldrar och poliser, med ficklampor och sniffande schäferhundar – på den här platsen. Allt var så overkligt. Det kunde inte vara en dröm, eftersom de hade både somnat och vaknat här – men ändå. Den här ön var underlig.

"Vi borde väl åka hem snart", mumlade Cecilia tveksamt.

"Ja, det borde vi väl."

Charlie försökte föreställa sig vad alla kompisar gjorde nu. Och föräldrarna. Var de oroliga? Letade de? Det gick trögt att tänka på sådant, som om hjärnan inte hade någon lust. Här var behagligt, så varför skulle han bry sig om sådana saker? Han orkade inte ens försöka lista ut åt vilket håll deras eka kunde ligga.

Charlie såg sig omkring. Skogens vackra färger och tjocka dofter lade beslag på hans uppmärksamhet. Hemfärden fick lösa sig så småningom, när det var dags. Nu ville han bara slappna av. Cecilia såg ut att känna detsamma. Hon tog djupa andetag, sträckte på kroppen och kramade hans hand. Solstrålar träffade då och då hennes rödbruna hår och fick det att glänsa som guld. Huden blänkte faktiskt lite grann och hade fått färg.

"Jag tycker om dig!" slank det ur Charlie. Han blev själv förvånad och kände genast rodnaden sprida sig över kinderna. Ändå lade han armarna om Cecilia när hon vände sig mot honom, tryckte henne hårt till sig och stack in sin näsa i de mörka lockarna.

"Jag tycker om dig också!" sa Cecilia och kramade honom minst lika hårt.

Så stod de en lång stund. Det blev varmt och svettigt mellan dem men ingen ville släppa taget. De blundade och kunde tydligt känna varandras andning och hjärtslag. Charlie blev alldeles yr. Hade han inte haft Cecilia att stödja sig på skulle han säkert trilla omkull. Halspulsådrorna slog så hårt att det gjorde ont.

Varken Charlie eller Cecilia hade en aning om hur lång tid som gått, när de slutligen gled isär. Det kändes som flera timmar. Charlies röda pannband hade glidit ner över ögonbrynen, utan att han märkt det. En svag vind kylde dem så att de fick gåshud.

"Ack, ack!" kom det plötsligt från en stark stämma bakom dem. "Det är så vackert att man kan gråta."

Samtidigt som de hastigt svängde runt började människan som sagt det verkligen att snyfta. Det var en gammal gumma. Hon satt hukad på en mossbeklädd liten kulle, kanske en sten, kanske en stubbe, sådär tio meter bort. Cecilia och Charlie stirrade på henne.

"Ung kärlek. Så ren, så förgänglig", fortsatte gumman och suckade flera gånger. "Så vacker."

Hon var lika naken som de, men nästan hela kroppen doldes av hennes hår, som räckte ner till låren. Det var silvergrått och tjockt som en lejonman. Hennes lemmar var knotiga, skinnet fläckigt och skrynkligt av ålder, men hennes rörelser var spänstiga, blicken skarp och rösten genomträngande.

"Ni hör inte hit, ni två, det kan jag se. Ni kommer från annat håll. Man kan undra hur ni har hamnat här. Man kan undra varför." Hon gnuggade sin näsa, som om den kliade, och granskade dem noga.

"Vi åkte vilse i dimman", fick Cecilia ur sig med svag röst.

"Jaså dimman", sa gumman och nickade flera gånger. "Nå, nu är ni här och det får gå som det går, eller hur? Det är inget att göra åt."

Hon klev ner från kullen och tryckte händerna mot höfterna. Charlies och Cecilias första impuls var att vända och springa sin väg, men de var inte säkra på att benen skulle bära dem. Och så var gumman ganska liten, inte mycket längre än de. Hon såg inte hotfull ut, trots allt det grå håret och den skarpa blicken som borrade sig djupt in i dem.

"Jag heter Lynx", förklarade hon med ett vänligare tonfall och steg fram till dem. Hon gick lika mjukt som en katt. "Vad heter ni?"

"Jag heter Charlie", sa Charlie med osäker röst, "och det här är Cecilia."

"Främmande namn har ni också. Men ni har badat i Elixir, ser jag." Hon nöp dem i skinnet – inte alls hårt, men de kunde inte låta bli att rycka till. "Ni vill förstås bli som de andra. Ja, man vill väl det."

Hon suckade igen, men nu med ett litet leende på läpparna. Ögonen var konstiga. Hon hade små, små pupiller och irisarna var alldeles brandgula.

"Ni har det bra i det här lilla lyckolandet, kan man tro. Ni tycker om det, eller hur?"

De nickade.

"Man gör det, så länge det varar, Men det går över." Hon sträckte sitt fårade ansikte så nära inpå dem att de såg hårstråna i hennes näsborrar. "Jo, jag anar redan bekymmer i era pannor. Det ska snart visa sig. Ni har då inte mycket tålamod, som börjar tveka efter att alldeles nyss ha kommit. Man misstänker att ni hade åldern inne, att det är samma i er värld som i vår. Det är då för sorgligt, men vad gör man? Så är det en gång bestämt."

Nu suckade hon åter sorgset, fast leendet var kvar på läpparna.

"Vad då för bekymmer?" frågade Cecilia nervöst. Fast gumman verkade snäll lät hennes ord hotfulla. "Vad är det som går över?"

Gumman slog ut med armarna och visade omkring sig.

"Det här!" sa hon.

"Aha!" sa Charlie. "Det är en dröm, i alla fall. Det är vad du menar, eller hur? Det är bara en dröm och snart vaknar vi ur den."

"Var inte dum, Charlie!" bröt Cecilia av innan gumman hann svara. "Vi har ju redan kommit överens om att det inte är möjligt. Dessutom, om det vore en dröm – hur skulle hon kunna säga det inuti den?"

"Men allt det här", protesterade Charlie, och nu var det hans tur att visa omkring sig, "är det mer möjligt? Zenit och Nadir, frukten på träden, sommarvärme i maj och alla blänkande barn – är det mer troligt än att vi båda drömmer samma dröm?"

Cecilia stödde händerna mot höfterna, ställde sig mitt framför Charlie och öppnade munnen för att ge honom klart besked.

"Hallå!" kom ett rop från andra hållet.

Charlie och Cecilia tittade dit och såg Crux vinka och komma springande. De vinkade tillbaka. När de tittade åt gummans håll var hon borta – försvunnen utan minsta spår.

Ovanifrån

"Vart tog hon vägen?" undrade Charlie och spanade mellan träden. "Såg du det, Crux?"

"Såg vad då?"

"Gumman, förstås! Den gamla gumman som stod här alldeles nyss. Hon sa att hon hette Lynx. Långt grått hår, ända hit ner", berättade Charlie och visade med handen mot sitt lår.

"Jaha", sa Crux och såg inte ett dugg intresserad ut.

"Vet du vem det är?"

Crux lade huvudet på sned och kliade sig i håret.

"Ni är konstiga", sa han med ett leende.

De berättade för honom om den underliga gumman och vad hon sagt, men Crux verkade inte alls förstå. Det var som om han inte hörde dem, bara upprepade sitt 'jaha' och tittade åt andra håll. Charlie och Cecilia sneglade på honom och sedan på varandra.

"Jag tror inte att han fattar vad vi pratar om", sa Charlie. "Det var samma sak med Muska. Vissa saker verkar de inte alls höra."

"Jaha", sa Crux och lade sina långa armar om deras axlar. "Kom så ska jag visa er jätteträdet, som Dorado har lärt sig att klättra upp i. Utsikten är enorm. Man ser hela världen!"

Hans sorglöshet smittade av sig, så Cecilia och

Charlie struntade i att Crux inget förstått och följde glatt med.

De stannade vid en väldig tall som stod lite för sig själv mitt i skogen. Den sträckte sig betydligt högre än de andra träden och stammen var så grov att inte ens Crux nådde runt den med armarna. Grenarna var spridda längs hela stammen, men de satt så glest att man knappt kunde nå från den ena till den andra. Första grenen satt nästan två meter över marken.

"Hur gjorde hon egentligen?" undrade Charlie. "Hur lyckades Dorado, som är så liten, klättra upp till toppen? På flera ställen är det för långt mellan grenarna."

"Inte om man hoppar", sa Crux.

"Hoppar! Från gren till gren, högt däruppe? Då slår man väl ihjäl sig!"

"Det är lätt", försäkrade Crux, "för alla träd är snälla. Man kan inte missa. Pröva så får du se!"

Charlie hade alltid tyckt om att klättra i träd. Det var frestande att försöka med den här väldiga tallen. Han kunde ju alltid vända, om det blev för obehagligt. Och om nu lilla Dorado hade klarat det kunde väl inte han gå bet?

"Okej", sa Charlie och ställde sig invid stammen med blicken på den närmsta grenen. "Hjälp mig upp!"

Crux grep honom om midjan och lyfte. Charlie nådde precis till den lägsta grenen och lyckades häva sig upp.

Till en början tog han det väldigt försiktigt, siktade och måttade länge innan han vågade hoppa från en gren till nästa. Men det gick lätt, som om grenarna böjde sig mot händerna. Han fick alltid bra grepp. Inte heller stack han sig på några barr. Snart vågade Charlie ta sig snabbare fram och skutta nästan som en ekorre uppför trädstammen. Det fanns alltid en gren inom räckhåll.

Då och då stannade han och tittade ner på Crux och Cecilia. De vinkade, lika små som dockor på detta avstånd. Charlie blev varm i bröstet. Vid varje hopp från gren till gren kittlade det i magen och han kände en hastig pust av svindel. Det var skönt, nästan så att han ville skratta högt.

Toppen kom närmare. Högre upp på trädet växte grenarna så tätt att han aldrig behövde hoppa mellan dem, och snart så tätt att han praktiskt taget kunde promenera från gren till gren, som uppför en trappa.

Snart nådde han toppen. Där var stammen smalare än hans egen arm och svajade lite grann. Charlie stod stilla med fötterna på några grenklykor och armarna krokade runt den avsmalnande stammen. Utsikten var verkligen fantastisk. Hela skogen bredde ut sig som ett grönmönstrat täcke. Träden stod så tätt att han bara på några få ställen såg annat än deras kronor.

Där var i alla fall sjön Elixir, några hundra meter bort. Med sitt klara vatten skimrande i solljuset såg den ut att vara av silver. Åt ett annat håll skymtade Stenstodsgläntan. Det var en hel del barn där – på detta avstånd blott små hudfärgade kryp som rusade runt och om varandra. Han sträckte blicken ännu längre bort.

"Å!" brast han plötsligt ut och höll nästan på att tappa taget.

"Vad är det?" ropade Cecilia.

"Dimman! Jag ser dimman. Hela ön är omgiven av den."

Allvarsrynkan

Eftersom dimman låg kvar runt ön tyckte Cecilia och Charlie att det inte var någon idé att sätta sig i ekan och försöka ta sig hem. De var glada att slippa. Livet i Zenit var angenämt. För varje dag tillsammans med öns sorglösa barn brydde de sig mindre om sin egen värld. De glömde den inte, men tänkte alltmer sällan på den. De första dagarna klättrade Charlie varje morgon upp i den stora tallen för att se om dimman låg kvar, och det gjorde den, så med tiden dröjde det längre mellan hans kontroller.

Allt var muntert och fridsamt i Zenit. Aldrig var någon ledsen, aldrig slog man sig eller blev sjuk. Varje dag sken solen på molnfri himmel och nätterna var inte mörkare än skymningsdis. Charlie och Cecilia badade dagligen i Elixir och drack dess friska vatten. De började verkligen blänka lika tjusigt som de andra och kände sig i hela sina kroppar lika rena som sjövattnet. Huden fick färg och ögonen gnistrade.

Vissa kvällar tågade allihop ner till Elixirs strand. De fattade varandras händer och spred sig i en stor kedja alldeles inpå vattnet, runt hela den lilla sjön. De fick sträcka ut armarna ordentligt för att räcka till. I samma ögonblick som den första i raden fick fatt i den sistas hand och ringen slöts, då tystnade alla. Där stod de hand i hand, med blickarna vända mot sjön. Månens spegling skimrade silvervit i vattenytan.

De började sjunga. Främmande ord, som ingen visste vad de betydde eller varifrån de fått dem. Ur alla strupar kom samma långsamma, svävande melodi. Snart ljöd den så högt och klart att luften darrade och vattenytan krusades.

"*Ach balliar, ben divo*", sjöng de. "*Ach balliar, ben vi. Nirambio gin sandrio, ed balliar, puri.*" Samma vers om och om igen.

Krusningarna på vattnet blev vågor och snart reste sig vågorna högt, piskade upp skum och stänkte Elixirs kalla vatten över ringen av barn och långt upp på land. Sjön stormade, vindar rev i barnens hår och vattnet brusade lika högt som de sjöng. Månljuset fick alla vattendroppar att glänsa vita som pärlor.

Barnen kunde hålla på med sången ända till gryningen utan att bli trötta. När gryningens första solstrålar smet mellan trädtopparna och tände eld i vattenytan – då hoppade de i, alla på en gång, utan att släppa varandras händer.

"Det är så vi tvättar Elixir", förklarade Crux. "Elixirs vatten tvättar oss rena och vi tvättar Elixir."

"En evighetsmaskin, alltså", sa Charlie och log.

"Jaha", sa Crux och såg ut som om han inte hört.

I en särskilt tät och snårig del av skogen växte lingon och blåbär i stor mängd. Ibland när de ätit sig mätta på bären brukade de måla varandra med dem.

Det var Dorado som visade Charlie hur det gick till. Bären färgade av sig när man tryckte dem mot skinnet så att de sprack. Med fingertopparna kunde man sedan smeta ut fruktsaften i olika mönster. Cirklar, spiraler och lustiga figurer. Dorado målade med lätta fingrar blått och rött över hela Charlies kropp, från pannan ner till tårna. Det såg ut som om han var klädd i mönstrade trikåer. Det kittlade till vansinne när hon ritade på honom, han fnissade och vred sig som en mask på kroken. Omkring dem gjorde de andra likadant, tills alla var lika färggranna.

När det var dags att få av sig färgen fick de rusa ner till Elixir och doppa sig. Om de i stället lät bärsaften sitta kvar mörknade den och blev brun. De kunde springa omkring hela dagar med målad hud, tills det kliade rent olidligt.

Så följde dagarna på varandra i lekfullhet och sorglösa upptåg, där ingen någonsin gick från gryning till skymning utan att skratta högt och ofta. Charlie och Cecilia var precis lika sprudlande lyckliga som någon annan, men när tiden gick och varje dag var ganska lik den föregående blev de mer och mer rastlösa. De ville springa allt fortare från det ena stället till det andra, hinna med så mycket som möjligt mellan gryning och skymning, och letade ständigt efter nya saker att ta sig för.

De vanliga lekarna gladde inte längre. De ville hitta på annat, pröva nya ting, men visste inte vad. När Crux eller Dorado föreslog att de skulle bada i Elixir eller klättra i jätteträdet, kunde Charlie och Cecilia svara:

"Men det har vi ju redan gjort så många gånger!"
"Jaha", blev svaret, alldeles oförstående.
"Vi vill göra något nytt."
"Vad då?"

Det kunde de inte komma på. Ändå blev det mer och mer så att Charlie och Cecilia lämnade de andras lek och gick för sig själva. Inte ens Crux, som annars var så förnuftig, kunde förstå hur de kände. Det syntes att han blev ledsen när de beklagade sig, men han hade inga fler svar än något av de andra barnen. Bara med varandra kunde Charlie och Cecilia prata om det.

"Vi måste göra något", klagade Charlie. "Inte bara leka samma lekar hela livet. Vi måste hitta på något nytt."

"Ja", sa Cecilia. "Något meningsfullt."

De grubblade allt oftare på detta och fick svårare att skratta och le. Med tiden kröktes ögonbrynen av deras brydda tankar och de fick små lodräta veck i pannan, från näsroten ända upp till hårfästet.

Det var Muska som först upptäckte dessa underliga rynkor, som ingen annan hade. Han strök sitt smala finger över dem och fnissade.

"Det ser roligt ut", sa han. "Vad är det?"

Då märkte Cecilia och Charlie att rynkan inte gick bort. Hur de än grimaserade satt vecket i pannan kvar. Muska skrattade åt deras försök.

"Mycket med er två är roligt, ska ni veta", sa Muska mellan skrattsalvorna, "men det här är allra roligast!"

Även Pavo blev nyfiken på rynkorna och sträckte fram ett finger.

"Låt bli!" röt Charlie och slog undan hans hand.

"Jag skulle ju bara känna på vecket", förklarade Pavo och backade några steg.

"Gör inte det!"

"Varför inte? Kittlar det?"

"Nej, det gör det inte", muttrade Charlie och kände sig en smula skamsen för att han blivit så arg. "Men gör det inte i alla fall."

Charlie och Cecilia var buttra. De gick in i skogen, långt bort från de andra. Där granskade de varandras veck och undrade mycket över dem.

"Det får dig att se äldre ut", sa Cecilia.

"Dig med. Vi kanske håller på att bli gamla."

"Inte så gamla att vi redan blir rynkiga? Det kan jag inte tro." Cecilia fingrade försiktigt på sitt veck. Hon sneglade åter på Charlies panna. "Det gör att du ser bekymrad ut, också."

"Ja, det är så jag känner mig. Bekymrad."

"Jag med." Hon lade huvudet på sned och suckade.

Omkring dem dignade träden av läckra frukter men de var inte ett dugg sugna. Under deras fotsulor var mossan tjock och mjuk, ändå ville de inte koppla av och sjunka ner i den.

"Vet du vad jag tror?" återtog Cecilia efter en lång tystnad. "Vi har tråkigt, Charlie. Det är därför vi är bekymrade och har fått det här vecket i pannan. Vi har tröttnat på lyckolandet."

Charlie tittade upp på henne med fuktiga ögon.

"Vad tror du händer nu, Cecilia? Vad händer med oss nu?"

"Ja, säg det", sa Cecilia. "Något måste ju hända…"

De fattade varandras händer, kröp ihop och lutade sig tungt mot en knotig trädstam. Där blev de sittande, moloket stirrande mot marken i en tystnad som inte gick att ta sig ur. De reste sig inte förrän det hade börjat skymma.

Nadirs rövare

I Stenstodsgläntan låg redan barnen huller om buller och sov. Bara Muska tittade upp och mumlade en trött hälsning när Charlie och Cecilia kom. Sedan somnade han om. De slog sig ner på sin vanliga plats intill den svarta stenstoden, bredvid Crux och Dorado som sov djupt.

"Varför är det bara vi?" viskade Charlie i Cecilias öra. "Varför är det bara vi som känner det såhär och som har vecket i pannan?"

"Vem vet?"

"Titta på Crux och Dorado."

Cecilia betraktade dem, där de låg och snusade i hopkrupen ställning. Dorado vilade sitt huvud på Crux mage och hans huvud låg tryckt mot stenstoden. Det såg inte bekvämt ut att ligga med skallen mot stenens hårda yta, men Crux sov lika gott för det.

"Inget veck, inte så mycket som en rynka i pannan har de", sa Charlie. "Bara du och jag. Varför då? Vad är det för särskilt med oss?"

"Det kanske beror på att vi inte kommer härifrån."

"Ja, där sa du något", mumlade Charlie och kände sig en smula lättad. "Kanske är det därför."

Cecilia sjönk ner på sin plats mellan honom och Crux, sträckte ut benen och blundade.

"Sov gott, Charlie!"

"Sov gott du också, Cecilia!" svarade Charlie och lade armen om hennes axlar.

Just när de äntligen kopplade av och höll på att somna startade ett underligt surrande ljud, lågt som en viskning men ändå tydligt. De satte sig upp med ett ryck.

"Det kom härifrån!" sa Charlie. "Från stenstoden. Jag hörde det tydligt, för jag låg med huvudet mot den."

Cecilia tryckte örat mot stenen.

"Ja. Det brummar inne i stenen. Vad kan det vara? Jag har aldrig hört det förut."

"Inte jag heller."

De tryckte sina öron mot den släta, kyliga stenen. Brummandet växte sig starkare. Snart kunde de känna hur hela stenen vibrerade svagt.

"Vad är det som händer?" undrade Charlie. "Håller den på att spricka?"

Ingen annan reagerade, inte ens Crux som också låg med huvudet mot stenen. Ändå hördes nu brummandet tydligt även då de lutade sig tillbaka.

"Den rör på sig!" brast Cecilia ut och pekade med ett darrande finger.

Också Charlie såg det. Sakta började stenen resa sig ur marken. Den steg högre och högre, centimeter för centimeter, och blev allt längre. Stenstoden var en tjock pelare som trycktes uppåt genom marken. Charlie och Cecilia for upp på fötter och backade några snabba steg.

"Vakna, allihop!" ropade Charlie omkring sig. "Se på stenstoden! Vad är det som händer?"

Några enstaka ansikten lyftes från mossan och tittade sömnigt mot stenstoden, men de flesta sov lugnt vidare. De som vaknat verkade inte alls förfärade. De lade sina huvuden på sned, tittade en stund på den stigande mörka pelaren och sjönk sedan ner och somnade om.

Nu steg stenen snabbare ur marken och bullret var så starkt att Charlie och Cecilia höll för öronen. Den tjocka pelaren sträckte sig mer än fem meter rätt upp i luften när den plötsligt stannade. I stället vred den sig sakta runt sin egen axel. Efter ungefär ett halvt varv – det var svårt att säga eftersom den var alldeles svart – stannade den helt.

Det blev tyst.

"Titta!" skrek Charlie och ryckte Cecilia i armen, fast hon stirrade åt precis samma håll som han. "Den är ihålig!"

En stor öppning i stenstoden var vänd rakt mot dem. De fick anstränga ögonen för att se klart. Skymningen hade lagt sig, så det kom inte mycket ljus på pelaren. Men den var inte tom.

"Det är någon där!" sa Charlie i en flämtning. "Nej två!"

Innanför öppningen skymtade två mörka gestalter. De var alldeles svarta över hela kroppen och deras huvuden var stora och släta som stenpelaren, med ett lysande öga i mitten. Båda två svängde sitt lysande öga hit och dit, som om de sökte efter något. När ljusstrålarna hamnade på Charlie och Cecilia stannade de till. De två figurerna tog var sitt raskt kliv ut ur pelaren.

"Hjälp!" tjöt Charlie och slet tag i Cecilia med båda

händerna. "Nadirs rövare! De är ute efter oss! De vill släcka vårt ljus! Vi måste fly!"

De vände sig om och började springa så fort benen någonsin bar. De svarta figurerna skyndade genast efter. De var mycket större än Charlie och Cecilia, med långa ben som tog stora kliv mellan de sovande barnen, utan att trampa på något av dem.

"Hjälp! Hjälp!" skrek både Charlie och Cecilia så högt de kunde.

Lille Pavo lyfte på huvudet och frågade med sömnig röst:

"Varför springer ni? Och vad skriker ni om?"

Men de tordes inte stanna och svara, och Pavo verkade inte alls oroa sig. Han bara ryckte på axlarna och somnade om.

Knappt hade de kommit ut ur gläntan förrän de svarta gestalterna kom ifatt och grep tag i dem med starka nävar. Det gjorde ont. Charlie och Cecilia vred sig i greppen, men hade ingen chans att komma loss. De grät, stönade och skrek, men blev ändå dragna tillbaka mot stenpelaren.

Ett och annat av barnen hade vaknat och tittade oförstående med huvudet på sned.

"Hjälp oss, hjälp oss!" skrek Charlie och Cecilia.

Men de fick inget svar och ingen hjälp. Snart hade de släpats hela vägen in i stenstoden. Den började genast brumma igen och vreds sakta runt. Det gjorde att en vägg bit för bit gled för ingångshålet.

Cecilia grep tag i kanten och försökte dra sig ut. Genast slog en av de svarta gestalterna till hennes arm, och trots att hon höll så hårt att knogarna vitnade slant greppet. Hon rycktes tillbaka in i stenstoden. Det sista hon såg var månen uppe på skymningshimlen och tindrande stjärnor omkring den. Sedan stängdes ingången och de var inneslutna i mörkret.

De två svarta figurerna släppte taget om sina fångar och riktade sina lysande ögon rakt mot dem. Charlie och Cecilia blev alldeles bländade och kunde inte se något annat än de lysande ögonen, som varken hade pupill eller iris och aldrig blinkade. Långsamt vande de sig vid ljuset och skymtade åter de två gestalternas stora svarta kroppar och släta huvuden. Charlie och Cecilia darrade och deras hjärtan bultade som trummor.

Då tog en av skepnaderna till orda med dov, hotfull stämma:

"Det lekfulla livet är över för er. Nu börjar allvaret!"

Ingen mun syntes på det stora, släta ansiktet och rösten lät som från en djup brunn. Hade han inte samtidigt pekat med utsträckt arm mot dem, skulle de knappast ha kunnat avgöra vem av de två mörka gestalterna som talade. Han nickade långsamt och fortsatte:

"Ja, nu blir det allvar. Ni ska till Nadir, nyttoriket!"

Nyttorike

Charlies och Cecilias blickar möttes. De hade gissat rätt. Rövare från Nadir! De tänkte på den kusliga legend som Crux många gånger berättat. Här var rövarna, dessa skuggfigurer ur underjorden, som kommit för att ta dem till mörkrets land. Sagan var sann! Vad skulle det nu bli av dem?

Fast de inte såg annat än stenstodens kala vägg kände de att den rörde sig nedåt, i samma stilla tempo som den stigit upp ur jorden. De tryckte sig tätt mot varandra och bävade.

"Isär!" röt en av rövarna och stötte till dem med sin svarta hand. "Det är vidrigt att se era kroppar slingras ihop som rep i en knut!"

Charlie och Cecilia förstod inte varför han blev arg. Stöten hade skickat dem i väggen med en duns. De gled isär men deras händer smög sig till varandra, dolda bakom ryggarna.

Den värsta skräcken hade lagt sig när de svarta monstren började prata. Nu vågade Charlie och Cecilia titta lite närmare på dem. Mörkret var inte så kompakt i skenet och reflexerna från rövarnas ögonljus.

Det var inga ögon, visade det sig, utan ett slags pannlampor. De stora släta huvudena var i själva verket hjälmar av svart metall, som lamporna var monterade på. Under lamporna fanns smala springor täckta med glas. Innanför dem skymtade deras ögon. Och de svarta kropparna var kläder – grova overaller i ett läderliknande material, som räckte från hals ner till lika svarta stövlar. De bar handskar i samma material.

"Ni har kläder på er!" slank det ur Charlie. Han var lättad. "Ni är vanliga människor precis som vi, under de där kläderna."

"Det är klart att vi har kläder på oss!" kom det barskt från den ena rövaren. "Vi följer lagen. Det ska ni också lära er. Och det är klart att vi är människor, vad annars? Men inte precis som ni, förvirrade kryp! Ni är fortfarande barn, som bara levat i lyckolandets oanständiga dagdriveri. Nu är det slut med det."

"Vart för ni oss?" vågade Cecilia fråga. Ju mer rövaren pratade desto lugnare blev hon, trots hans hårda ord.

"Till Nadir, har vi redan sagt. Ni har vuxit er stora nog. Så säger lagen och så ska det bli."

"Vilken lag?"

"Lagen! Den enda, den högsta – alla människors rättesnöre. Stackars kryp som inte känner lagen! Men ni lär er fort. Ni ska sannerligen tuktas, som alla noviser, vänta bara!"

Då stannade stenstoden och började vridas runt sin axel, så att väggen gled bort från öppningen. Varken måne eller sol sken där utanför, bara ett flimrande lampljus. De två rövarna ledde ut Charlie och Cecilia med hårda grepp om deras armar.

De befann sig i en liten grottkammare med fuktiga, rynkiga bergväggar. Luften var unken och kylig.

Charlie och Cecilia huttrade och lyfte ideligen sina bara fötter från det kalla stengolvet, en i taget, så att de hela tiden stod på ett ben och vajade.

I andra änden av den lilla grottan, bara sådär fem steg bort, stod två gestalter klädda i likadana overaller som rövarna. De gjorde något slags honnör, tryckte en knytnäve mot pannan, utan ett ord. Honnören besvarades av rövarna, som sedan vände och marscherade i takt ut genom en smal gång till vänster. Charlie och Cecilia var ensamma med de två nya figurerna, lika stora och skräckinjagande som de förra. Pannlamporna riktades mot deras ansikten och de granskades en stund under kompakt tystnad.

"Ni har allvarsrynkan i era pannor", sa den ena. De hörde att det var en kvinna, om än med ovanligt mörk röst – fast det kanske berodde på hjälmen. "Då är allt rätt och riktigt. Ni tillhör Nadir nu och ska märkas med Nadirs sigill."

Hon höll upp en apparat, som såg ut som en svullen pistol, lika svart som allt annat omkring dem. Hon satte mynningen mot Charlies bröst och tryckte av.

"Aj!" skrek han och snubblade några steg bakåt. "Det gjorde ont!"

"Det är klart att det gör ont", svarade kvinnan barskt.

Hon upprepade kvickt proceduren med Cecilia, som också skrek till och studsade tillbaka. De flämtade av smärtan och huden brände som eld.

"Vad var det? Vad gjorde ni med oss?" Charlie försökte låta anklagande.

"Nadirs sigill. Se själva!"

I ljuset från pannlamporna kunde de se vad som hänt. De hade fått var sitt märke, som en tatuering, precis mitt på bröstkorgen. Det såg ut som en liten måltavla med fem tunna svarta ringar. Den yttersta ringen var ungefär lika stor som en handflata, den innersta mindre än en lillfingernagel.

Sigillen fick dem att känna sig sårbara, dels för att de sved och dels för att de såg ut just som måltavlor. Charlie och Cecilia hoppades innerligt att sigillen gick att tvätta bort, men de tvivlade på det.

"Nu måste ni klä på er!" deklarerade kvinnan och slängde ett bylte kläder på grottgolvet framför deras fötter. "Alltför länge har ni blottat er så vämjeligt."

Det var svarta overaller av samma sort som vakternas. Charlie och Cecilia skyndade att kränga på sig de styva kläderna, tacksamma för att få något att skyla sig med. I den kala grottan och den föraktfulla behandlingen de fick utstå kändes det väldigt obehagligt att vara naken.

Overallerna var kalla och skavde på flera hundra ställen. Det kändes konstigt att ha kläder på kroppen. Charlie och Cecilia sträckte prövande på armar och ben, tog några steg och böjde sig hit och dit. Det gick trögt att röra sig i dräkterna och när hjälmarna kom på kände de sig stela som snögubbar.

De riktade pannlampornas ljuskäglor runt omkring i den lilla grottsalen, såg stenväggarnas repor och fukten som glänste i ljuset. De tittade på varandra och skrattade.

"Du ser för ruskig ut!" sa Charlie glatt. Rösten lät dov genom hjälmen.

"Du också!" sa Cecilia.

"Det är inget att skratta åt!" avbröt kvinnan och slog till Charlie över axeln.

Han var glad för den skyddande dräkten. På bar hud hade slaget säkert svidit ordentligt. Nu fick det honom bara att snubbla åt sidan.

"Jag har sagt till er att leken är över!" fortsatte kvinnan och höll upp en knuten näve framför dem. Sedan väste hon: "Ni gör bäst i att skärpa er och lyssna noga på vad jag har att säga, om ni vill överleva i Nadir."

Cecilia och Charlie bleknade innanför sina hjälmar.

Deras två väktare ledde dem in i samma öppning i grottväggen som de andra rövarna försvunnit genom. Där tog en lång, slingrande grottgång vid. Stövelstegen ekade och det kändes som om stenväggarna bågnade under bergets tryck, på väg att rämna och krossa dem. Gången var inte bredare än att man nådde båda sidor genom att sträcka ut armarna, och taket befann sig bara någon decimeter ovanför den längsta av väktarna, som var kvinnan de talat med. Den andra hade inte sagt ett ord.

"Vad är det här för ställe, egentligen?" muttrade Charlie mest för sig själv.

"Nadir är nyttorike", svarade den kvinnliga väktaren med skarp stämma. "Här är man ingenting om man inte gör någonting. Varje medborgare har plikter. Utför man dem till punkt och pricka blir man hedrad. Den som inte gör det blir fördömd. Minns det! Plikten är varje rättskaffens medborgares enda önskan. Så säger lagen, och ve den stackare som bryter mot lagen!"

Kvinnan visade på allvaret i sina ord genom att dra

sitt behandskade pekfinger tvärs över halsen. Varken Charlie eller Cecilia tyckte om gesten. De sneglade åt varandra, men kunde inte få mycket till ögonkontakt genom hjälmarnas smala springor. De kände sig isolerade inuti sina kläder, för att inte tala om hur klumpiga de var att röra sig i.

"Ni måste lära er lagen. I Nadir härskar den över allt och alla. Minns det! Människor är förvirrade varelser utan mål och utan mening, om de inte har lagen. Den formar vår tillvaro så att vi gör rätt och allt blir som det ska vara. Den medborgare som bryter mot lagen är en dåre och dårar överlever inte i Nadir! Lär er lagen och håll er alltid till den."

"Hur lyder lagen då?" frågade Cecilia, andfådd av att marschera i de motsträviga kläderna.

"Å, det skulle ta en evighet att berätta!" brast kvinnan ut och skrattade på ett ihåligt, hjärtlöst vis. "Lagen är äldre än någon människa, äldre än själva Nadir, och den har vuxit och vuxit alltsedan sin födelse. Lagen är lika allestädes närvarande som luften vi andas, som skuggan och mörkret, som kylan och stenen, eller vattendropparna som rinner längs bergväggarna. Utan början, utan slut."

"Hur ska man då kunna lära sig den?"

"Ni lär er med tiden. Se hur andra gör och ge noga akt på vad de aldrig gör. Lyd när andra befaller, akta er för att vara annorlunda eller göra saker på eget vis. Om ni bara gör vad andra gör och inget mer, då vet ni att ni följer lagen. Om ni tvekar och känner er osäkra, välj att göra ingenting. Då blir det rätt."

"Men är det ingen som vet vad som är tillåtet och

vad som är förbjudet?" frågade Charlie, både förbryllad och orolig.

"Det avgörs i rättegång", förklarade kvinnan högtidligt och uttalade det sista ordet som namnet på en välsmakande frukt. "Om någon medborgare har handlat annorlunda blir det rättegång. Där får man försvara sig mot en åklagare och sedan utmäter domaren ett lämpligt straff. Straffet är alltid hårt."

"Men om man är oskyldig, då?" invände Cecilia.

"Ingen är oskyldig!"

Charlie och Cecilia kunde inte låta bli att flämta högt. De kände sig alltmer oroliga. Hur skulle de klara sig?

"Vi får hjälpas åt", sa Cecilia och kramade Charlies hand hårdare. "Det ska nog gå."

"Nej, det går inte!" röt kvinnan och skakade på sitt hjälmklädda huvud. "Man hjälps inte åt i Nadir. Var och en är för sig själv här, det måste ni lära er. Lita bara på dig själv! Så gör alla andra. Den som inte tänker på sig själv är det ingen som tänker på, den som inte hjälper sig själv får ingen hjälp. Så är det. Andra förråder dig och bekämpar dig. Man är alltid ensam!"

"Det låter ju hemskt!" sa Cecilia.

"Det är hårt", svarade kvinnan. Rösten var stolt och hon nickade flera gånger. Pannlampans ljusknippe vaggade i grottgången framför dem. "Att misslyckas är hemskt, det kan ni lita på! Men om du lyckas, om andra fruktar dig och böjer sig för dig – då är det underbart!"

De stannade framför en stor rund port av blänkande metall som täppte till hela grottgången. Den såg ut att väga många ton, men de två väktarna lutade sig mot dess ena kant och tryckte på allt vad de orkade. Sakta, sakta vreds den runt, hela skivan, som ett mynt stående på högkant. Öppningar bildades på båda sidor.

"Kom!" befallde kvinnan och steg in genom en av öppningarna.

Så snart Charlie och Cecilia hade följt efter med ganska tveksamma steg svängde väktarna tillbaka porten.

De stod på en avsats, bara en meter bred. Framför dem öppnade sig grottan till en gigantisk sal. Den nådde högt ovanför deras huvuden, lika långt rakt ner, och djupare in i berget än de kunde se. Grottsalen var stor som en hel värld. Deras pannlampor räckte varken till taket ovanför eller golvet långt nedanför.

Men där fanns gott om ljus. Hundratals strålkastare hängde från tak och väggar, som stjärnor på natthimlen. De fuktblanka väggarna glittrade. Det var inte alls som dagsljus men alla konturer syntes klart och tydligt. Charlie och Cecilia stirrade. De blev yra som av svindel. Grottsalens välvda väggar var ojämna och bucklade, ungefär som revben. Från taket hängde hundratals långa, snirkelformade stalaktiter av svart sten, så långt de kunde se. Och från golvet sträckte sig nästan lika ståtliga stalagmiter högt upp, ofta nästan halvvägs till taket. Också de var vridna i snirkelform.

Hela utsikten var så främmande och underlig att det var som att ha hamnat mitt i en dröm. Allting blänkte — nattsvart, hotfullt — och allt var så fantastiskt stilla.

"Nadir", sa kvinnan högtidligt.

"Det är det vackraste jag någonsin sett!" sa Charlie.

"Alla droppstenar är dekorerade för hand", berättade kvinnan när de vandrade nedför en smal, brant trappa i grottväggen. "Hundratals år har det tagit hundratals människor, och ännu väntar hundratals salar på vår smyckning."

"Lika stora som den här?" undrade Charlie hänfört.

"Större!" sa vakten.

De passerade många människor, allihop iförda samma sorts svarta overall och hjälm med pannlampa. Med hackor, hammare och något slags filar av blänkande metall bearbetade de grottsalens väggar, golv och droppstenar. De talade inte, hälsade bara med den knutna nävens honnör och återgick raskt till sitt. Många brydde sig inte alls om att titta upp.

"Det är som en fabrik", mumlade Cecilia till Charlie.

"Ja, Nadir är en fabrik", deklarerade vakten. "Vi är alla flitiga arbetare, som i svett och blod bygger vår värld och putsar den till fulländning. Och vi konstruerar Astranadir, underjordsstjärnan! Det är meningen med våra liv."

"Vad är det för något, underjordsstjärnan?" frågade Charlie, samtidigt som han försökte komma åt att klia sig mellan skulderbladen, där dräkten skavde som värst. Huden protesterade vilt mot det ovana plagget.

"Astranadir är vår ögonsten, vårt storhetsverk! Vi bygger vår egen stjärna, vackrare och mer fulländad än något som naturen åstadkommit. När den är klar kommer vår stjärna att överglänsa allt annat. Den är konstruerad av rent silver och absolut matematik – vad kan gå upp mot det?"

"Den skulle jag vilja se. Var är stjärnan?"

"Än så länge är era ögon ovärdiga. Först måste ni göra nytta och förtjäna er plats här."

Charlie och Cecilia tyckte inte att det lät särskilt lovande. Men de var nyfikna på hur det gick till att forma och putsa urberget. Och framför allt – vad kunde den där Astranadir, underjordsstjärnan, vara för något?

Nu ledde vakterna in dem i en smal gång med flera runda portar på båda sidor.

Efter bara tiotalet meter gjorde den kvinnliga vakten halt framför en av dessa portar och ledde Charlie mot den.

"Men ser du inte att de andra fortsätter!" sa Charlie och pekade. "Varför stannar vi?"

Cecilia vände på huvudet men den andra vakten fattade tag i henne och ledde henne vidare, utan att se sig om.

"De ska inte åt vårt håll", muttrade kvinnan och tryckte upp porten men sin fria hand.

"Men jag kan inte lämna Cecilia! Vi hör ihop!"

"Inga människor hör ihop."

"Charlie!" ropade Cecilia med förtvivlan i rösten. Hon försökte stanna och vända, men vaktens grepp var alltför starkt. Han drog henne med sig.

Också Charlie försökte rycka sig loss. Han hade inte en chans. Hur han än sprattlade och fäktade med armarna, drogs Charlie in genom portöppningen och såg den slå igen bakom honom.

Klyvarstenen

Det hjälpte inte hur mycket Cecilia än klagade och skällde. Väktaren var orubblig och släppte inte en sekund på greppet i hennes axel. Han förklarade bestämt att hon aldrig skulle återse Charlie, för i Nadir levde var och en för sig själv, utan vare sig vänner eller kära.

"Håll dig till den enda du kan lita på", sa vakten, "och det är dig själv."

"Jag har hört det!" fräste Cecilia. Hon hade god lust att sparka sin väktare på det svartklädda smalbenet, om han inte vore så stor och hotfull. Med en tung suck insåg hon att det i alla fall inte fanns ett dugg att göra. Hon och Charlie var skilda åt.

Med läpparna sammanpressade och ögonen fyllda av tårar fogade hon sig efter vakten. Tids nog, tänkte hon, ska jag väl hitta en utväg. De ska inte kunna hålla oss isär!

När vakten märkte att hon inte stretade emot släppte han efter på greppet. De tog sig genom en av de runda svängportarna och hamnade i en lång korridor kantad av små hålor, vägg i vägg, lika stora och likadana, som celler i en bikupa. De hade inga portar, bara var sitt smalt ingångshål från korridoren, så lågt att även Cecilia skulle behöva huka sig för att passera.

Innanför fanns krypin på kanske två gånger två meter, inte mer.

Varje sådan håla var likadant inredd med en svag lampa, ett bord, ett par stolar som såg ut att vara av rent järn och en brits med en filt på. Det måste vara sovplatser för alla som arbetade i de stora grottsalarna. Inte särskilt gemytliga, tänkte Cecilia bistert, men så vill de tydligen ha det här.

I precis var tredje håla var belysningen släckt och sovande människor skymtade i britsarna. De bar inga hjälmar när de sov – det hade hon nästan trott att de skulle – men det var för mörkt för att se något ansikte tydligt. Hon undvek att rikta sin pannlampa rakt mot dem, för att inte störa deras sömn. Så hårt som folk verkade få slita i grottorna kunde de nog behöva sova ostört, tänkte hon.

"Varför är det någon som sover i precis var tredje cell?" frågade hon.

"Här lever vi i skift", förklarade vakten. "En grupp arbetar, en grupp roar sig och en grupp sover. Tre gånger per dygn byter vi."

"Hur roar man sig här nere?" undrade Cecilia. Hon hade svårt att föreställa sig att det var möjligt på en sådan plats.

"Det får du se tids nog. Här är nu din sovplats, novis." Han visade med handen på en håla, exakt de andra lik.

De klev in.

"Jaha", sa Cecilia. Det var inte mycket annat att säga. Ett bord, en stol, en tänd lampa på väggen och en låg brits som såg ut att vara hård som sten. Vid dess fotända stod en rejäl järnkista med välvt lock och ett kraftigt lås med nyckeln i.

"För dina tillhörigheter", förklarade vakten när han såg henne titta undrande på den.

"Jag har inga."

"Det kommer."

Cecilia tittade runt en stund i hålan men det var snabbt gjort. Hon satte sig på britsen. Den var lika hård som den såg ut. Madrassen var inte tjockare än en fingersbredd, filten var sträv och kudden föga mer än ett tygstycke. Stolen såg inte heller inbjudande ut. Hon föredrog att stå.

"Vad händer nu?" undrade hon efter en stund.

"Du måste märka din sovplats", sa vakten och visade henne till en slät yta på stenväggen ovanför ingångshålet. "Här är mejsel och hammare. Sätt dit ditt monogram."

"Mitt monogram? Vad är det?"

"En symbol som är din egen. Om du inte har någon får du hitta på en. Men skynda dig, för vi ska vidare."

Cecilia stod en stund med hammare och mejsel i hand utan att riktigt fatta någonting. Men när vakten knuffade otåligt på henne, satte hon mejseln till bergväggen och slog till. Förvånansvärt lätt stöttes den in i stenen och slog bort en liten flisa. Hon flyttade den några centimeter och slog till igen. Det gick lätt. Strax hade hon mejslat ett stort C. Sedan högg hon ut en ring runt bokstaven, bara för att det gick så lätt.

"Är det bra så?" frågade hon vakten.

"Det duger. Lägg nu din hand på det."

Cecilia begrep inte alls varför, men lydde utan frågor. Genast då handsken snuddade vid den mejslade figuren i bergväggen var det som om den fattade eld. Ett svagt gulaktigt ljus spred sig sakta utefter det huggna, tills hela symbolen lyste som neon. Cecilia stirrade. Det var vackert. Det värmde i bröstet att se reliefen glöda så magiskt.

"Hur gick det till?" undrade hon utan att kunna släppa det med blicken.

"Det är så saker och ting fungerar här. Var och en har sitt monogram, som bara han eller hon kan se lysa. På så vis kan du alltid hitta till din sovplats."

"Kan bara jag se ljuset från det här?"

"Bara du, bara i ljuset från din pannlampa."

"Å!" sa Cecilia, vände bort huvudet och sneglade på sitt monogram ur ögonvrån, så att ljuset från pannlampan inte träffade. Det var mörkt, bara en skugga i den släta stenen. Men så snart pannlampan lyste på monogrammet flammade det upp som nyss. "Fantastiskt!" sa hon och log innanför sin hjälm. "Ni har en del festliga saker för er trots allt, här i Nadir."

"Det är inte festligt, det är nyttigt", protesterade vakten. Han lät stött.

"Ja, ja", muttrade Cecilia. "Nyttigt, då."

Vakten ledde henne raskt genom grottgångarna till en större kammare där ett tiotal människor satt på grottgolvet och arbetade med lösa stenar. De mejslade och putsade dem med små stålverktyg, och Cecilia kunde se att det var ett hårt arbete. En kort gestalt gick fram till Cecilia med mejseln svängande i handen.

"Och vad har vi här?" sa den lilla gestalten med vass kvinnoröst. Hon var till och med kortare än Cecilia men bred och kraftig. "Ynkliga noviser är allt vi får, när vårt arbete kräver stora mästare! Ska vi någonsin hitta en människa med fingrar som känner stenen?"

"Hon här ska prövas för en syssla", sa Cecilias vakt. "Jag såg att hon hade god hand med mejseln när hon högg sitt monogram, borta i sovkvarteren. Kanske du skulle låta henne försöka sig på Klyvarstenen?"

Den lilla kvinnan skrattade högt och gällt innanför sin hjälm.

"Hörde ni det, allihop!" ropade hon. "Han säger att vi ska pröva henne på Klyvarstenen!"

Hon skrattade igen och många andra i salen gjorde detsamma. Det bullrade och ekade. Efter en stund fortsatte kvinnan med kärv röst:

"Jaså, det tror du. Klyvarstenen? Ja, det vore också en välsignelse! Men jag tror inte att ni i värvarstyrkan förstår hur svår sten är att hantera. Vad gör du själv mellan värvaruppdragen? Putsar golv och sopar damm, kan jag tro."

Vakten svarade inte, men Cecilia kände hur det började koka i honom. Rätt åt den surputten, tänkte hon. Den lilla kvinnan granskade Cecilia med pannlampans ljus, från hjässan till fötterna, som om hon kunde se rakt igenom både overall och hjälm. Tiden gick och det blev snart alldeles tyst i salen.

"Nå, nå", sa hon sedan tankfullt, "jag ska faktiskt pröva den här krabaten. Man vet ju aldrig." Hon vände sig om och ropade: "Bär hit Klyvarstenen! Vi ska ge novisen ett verkligt prov för en mästare. Antingen blir vi vittnen till ett ack så sällsynt underverk, eller får vi oss ett gott skratt."

Fyra människor kom bärande på ett stenblock och satte ner det framför Cecilia. Det räckte henne upp till bröstet. Den lilla kvinnan sträckte fram en spetsig liten hammare som såg ut att vara av silver. Den var inte större än att Cecilia skulle kunna gömma den mellan sina handflator, men spetsen var sylvass.

"Nu", sa kvinnan med högtidlig stämma, "ska din känsla för sten och berg prövas. Se på Klyvarstenen. Känn på den, låt dina fingrar smeka dess yta, varje kant och repa och böjning. Ta av dig handsken, om det behövs. Vi ska inte titta på din bara hud. Men känn, känn djupt i stenens inre! Någonstans på dess yta har den ett sår, en öm fläck. Träffa med silverhammaren på exakt rätt punkt och stenen klyvs. Om du träffar det minsta fel händer ingenting alls."

Det blev stilla i hela salen. Varenda blick var vänd mot Cecilia och den stora stenen. Hon granskade den uppifrån och ner, lade sin hand på den, mest för att göra någonting.

Hon begrep inte vad de väntade sig. Hur då känna stenen? Kall och hård – det var inte mycket att känna. Den var skrovlig och nästan alldeles svart. Utan att hoppas något alls tog hon av sig handsken och lät handen glida över stenens yta, så att fingrarna följde urgröpningarna som i en försiktig dans.

Alla blickar generade henne, så hon undvek att titta upp från stenen. Plötsligt stack det till i pekfingret. Vad var det?

Cecilia böjde huvudet närmare och satte sin pannlampas ljus på den plats det hänt. Där syntes inget alls. Hon förde tillbaka pekfingret till samma punkt. Det stack till igen. En svag ilande smärta, som om där satt någon liten insekt och bet henne i fingertoppen.

Cecilia höll andan. Hon kände sig löjlig och var rädd för vad alla skulle ta sig till om hon misslyckades. Ändå kunde hon inte låta bli att höja den lilla silverhammaren, känna efter igen precis var den smärtande punkten fanns och slå till en gång med hammarens spets. Det sa klick när den träffade. Hon hade slagit lösare än man knackar på en dörr.

Ingenting hände. Stenen var lika hel som nyss och hon kunde inte se det ynkligaste märke efter hammaren. Cecilia suckade och klev tillbaka, räckte hammaren till den lilla kvinnan och sänkte sitt huvud. Nu började folk skratta, högt och rått. Hon var glad för hjälmen, som dolde hur hon rodnade. Skrattsalvorna ekade i kammaren.

Men kvinnan skrattade inte. Hennes pannlampsljus var stadigt riktat mot Cecilia och hon verkade mycket tankfull.

Under skrattsalvorna hördes snart ett märkligt mullrande. Det var svagt i början men växte hastigt. Människorna tystnade på nytt, en efter en, och vände sig mot Klyvarstenen. Mullret kom därifrån.

Stenen började vibrera och skaka, som om någon satt inuti och kämpade för att komma ut. När mullret stigit till ett dån kom en skarp smäll. Stenen klövs i två delar. De föll åt var sitt håll och vickade som två vaggor, i ett moln av stendamm.

Eufori

Från det ögonblicket blev Cecilia behandlad med respekt av alla de svartklädda människorna. Vakten som tagit henne dit mumlade ett häpet: "Vad var det jag sa!" men ingen brydde sig om honom.

Den lilla kvinnan dunkade henne hårt i ryggen och kallade henne mästare, förklarade för alla hur mycket hon behövdes och vilken välsignad tur det var att hon kommit.

"Vad heter du?" frågade hon sedan med handen på Cecilias axel.

"Cecilia."

"Sesia? Underligt namn. Själv heter jag Auriga och ska nog se till att du lär dig allt det din talang inte redan givit dig. Det är en svår konst att hantera sten, ska du veta. Är du inte stolt över din bedrift?"

"Mer hungrig än stolt, faktiskt", vågade Cecilia säga.

Auriga skrattade och dunkade Cecilia i ryggen så hon nästan stöp.

"Ja, det är blygsam lön för en sådan bragd", skrockade hon och ropade sedan ut: "Släpp era mejslar och hammare, alla stenfilare – vi firar Sesias bragd med en bägare!"

De släppte sina verktyg och tågade muntert iväg

allihop i en lång rad genom grottgångarna. Snart var de framme i en sal stor som en fotbollsplan, fylld av folk. Trots att salen var så lång och bred var det inte mycket högre i tak än i sovcellerna. Från vägg till vägg stod bord av järn i snörräta rader. På bänkar runt borden trängdes flera hundra människor, alla klädda i den svarta overallen. De drack och skrålade och skrattade högt.

Det borde väl vara en glad miljö men Cecilia hörde tydligt en bitter ton i alla skratt och höga röster. De hade inte roligt, fast de försökte låta så – de bara ville så gärna. Hon kom att tänka på den sorts kvävda skratt och tjut som många ger ifrån sig när de åker berg- och dalbana.

Det här måste väl ändå vara nöjet som vakten hade pratat om, tänkte hon och skulle inte ha tagit ett steg längre in – trots hungern – om inte den lilla kvinnan dragit med henne. Cecilia leddes fram till ett bord ungefär i matsalens mitt, där hela gruppen slog sig ner tätt ihop.

"Nu ska du stoppa i dig, Sesia!" sa Auriga, tog av sin hjälm och signalerade åt Cecilia att göra detsamma. Aurigas ansikte med många rynkor och hennes hår med mängder av grå strån avslöjade hennes höga ålder – men de gråblå ögonen gnistrade av energi och självförtroende. Auriga såg nästan mer respektingivande ut med hjälmen av, än när hon haft den på sig. "Stoppa i dig tills det svämmar ut genom öronen."

Hon röt ut en order och strax kom någon springande med en rykande het stekpanna, som ställdes ner på bordet framför Cecilia. Det var en omelett, stor som en pizza, och så hårt stekt att kanterna svartnat. Cecilia fick en sked i handen och tog genast för sig. Omeletten brände på gom och tunga men hungern hetsade henne.

De andra vid bordet åt ingenting men drack mängder av en vattenklar, besk dryck som de kallade Eufori. Den serverades varm och steg snabbt Cecilia åt huvudet, fast hon bara tog några klunkar. Hon blev yr och glad och varm i bröstet.

Det var också skönt att få ta av sig hjälmen tillsammans med de andra, fast det fortfarande inte gick att se dem särskilt tydligt. Belysningen i matsalen var så dämpad att man bara skymtade varandras ansikten – hon gissade att det var meningen. Människorna i Nadir verkade sky all form av nakenhet, om det så bara gällde händer eller ansikte.

"Kommer alla i Nadir hit för att äta och dricka?" frågade hon.

"Ja, alla", svarade Auriga, "men på olika tider förstås. Här är liv och glam dygnet runt!"

Cecilia spanade efter Charlie, utan resultat. Hon suckade. Tids nog, tänkte hon. Tids nog skulle de hitta varandra. Och hon log, men tänkte att det måste bero på den där drycken Elixir.

Lagen

Det blev bistrare för Cecilia under de följande dagarna. Visst var hon respekterad för vad hon gjort med Klyvarstenen, men hon fick ändå från första stund arbeta minst lika hårt som de andra.

Hon visste aldrig om det var morgon, middag eller natt. I Nadir var lamporna det enda ljuset och de släcktes aldrig. Hennes dygn var lika med hennes skift, samma som för en tredjedel av alla människor i Nadir. Natt för dem var dag för andra. Man vande sig vid det.

Cecilia var innerligt tacksam för att Auriga, den lilla barska kvinnan, hörde till samma tredjedel. Auriga hjälpte henne tillrätta med en vänlighet som var unik för att komma från någon av Nadirs medborgare. Hon var gammal och hade väl blivit lite sentimental. Det var tur för Cecilia.

I Nadir var alla egentligen fiender. De måste samarbeta för att uträtta sina skyldigheter, ändå sneglade de misstänksamt på varandra innanför sina hjälmar och aktade sig för att säga något hjärtligt. Cecilia hade hyllats när Klyvarstenen sprack men nu snäste man åt henne och morrade hårda ord, om hon blev efter med sitt arbete eller inte med en gång fattade vad hon skulle göra.

Inte heller Auriga hade oändligt tålamod, fast hon

svarade på Cecilias frågor och kunde ta sig tid att visa hur saker och ting skulle gå till. Om Cecilia var klumpig eller ställde alltför många frågor, då fräste Auriga och vände henne ryggen.

Cecilia fick lära sig att arbeta med sten, att splittra, forma, slipa och krossa den. Hon bearbetade både lösa bumlingar och partier av själva berget. Ingenstans gick det så lätt som med Klyvarstenen, men hon förstod att ge akt på känslan i fingertopparna för att inte spräcka stenen på fel ställe och för att mejseln lättare skulle tränga in i klippan. Cecilia märkte hur hon hela tiden blev skickligare och fick ofta erkännande nickar från Auriga.

All sten skulle mönstras med snirklingar, cirklar och spiraler – golv, tak och väggar, stalagmiter och stalaktiter, även trapporna som höggs i gångarna.

I Nadirs mest avlägsna gångar bröts berget och nya salar gröptes fram. Nadir skulle alltid bli större. De grävde sig djupare in i berget och bröt fram allsköns metaller ur stenen på sin väg. Men metallerna skötte andra i Nadir, på andra platser. Cecilia var inte heller med vid brytningen av nya grottgångar och salar. Allt hon gjorde var arbetet med att forma och dekorera sten.

När hon inte arbetade med stenen eller sov tungt i sin egna lilla håla, fanns mycket annat att slå ihjäl tiden med. Ett par timmar om dagen tränade hon drill, kondition och fysisk styrka tillsammans med de övriga i hennes skift. De fick hoppa upp och ner på stället, göra armhävningar och mängder av andra ansträngande övningar, fast de arbetat hårt i åtta långa timmar. De måste marschera i fast takt och göra knytnävshonnören med millimetermässig noggrannhet. Stora, breda och ruskigt starka vakter ledde övningarna med föraktfulla utbrott och inget tålamod alls. Drillen blev inte lättare av att den måste utföras med overallen på. Cecilia höll på att smälta, inne i sin tättslutande klädsel, och flämtade så hon storknade innanför den tunga hjälmen.

Som novis var hon den första tiden också tvungen att lyssna till långa föreläsningar om Nadirs oskrivna lag. En man av så hög ålder att hans rygg var krökt och benen darrade även när han stödde sig mot sin järnstav, talade till henne i långa förmaningar. Hon besökte honom dagligen i hans sovhåla, som han kallade sin kammare fast den såg ut precis som alla de andra. Cecilia fick stå under hela besöket, för det fanns ingen annan stol än den som gubben själv satt i.

Lagen var mycket sträng, fick hon veta, fast den inte var nedtecknad. Ingenting var tillåtet utom hårt arbete och den strängaste lydnad mot allt och alla.

"Lagen är oskriven", förklarade den gamle, "för annars skulle människorna i sin lömskhet bara komma på knep att kringgå den."

Han var åklagare, en titel som ingav stor respekt bland Nadirs folk. Nyttoriket var fullt av domstolar som ideligen höll rättegång och tog ställning till hur medborgare skötte sig. Eftersom det inte fanns några fastställda lagar kunde vem som helst dömas när som helst – även om man skötte sig helt oklanderligt. Åklagaren varnade Cecilia för att någonsin känna sig trygg.

"Allt du gör kommer fram i domstolen. Och du ska inte räkna med en mild dom om du försökt smita från någon av dina plikter, hur obetydlig den än är! Det är klokast att alltid göra mycket mer än någon kan begära."

Varje människa i Nadir hade en rang, fick Cecilia också veta. Lägst på skalan stod noviserna, de som ännu inte erövrat en endaste titel – dit hörde hon själv. Högst upp stod domarna. Allra högst rang hade Högsta Domaren, Kejsaren över Rätt och Fel. Han ägde den absoluta makten, misstog sig aldrig och visste alltid bäst. Få människor kunde skryta med att ha sett honom, hur förnäma de än var. En del stackars krakar hade mött honom som åtalade i Högsta Domstolen, men ytterst få hade överlevt och kunnat berätta om det. Bäst var att aldrig behöva möta Högsta Domaren öga mot öga.

"Det ryktas", berättade åklagaren, "att människor som känner sin skuld förlorar andan och faller ihop döda inför åsynen av hans ruskiga gestalt. Blicken sägs kunna rista i själva urberget, lättare än mejsel och hammare gör."

Men det fanns många titlar mellan novis och Högsta Domare, olika grader av mästare inom hantverket och olika rang på väktare, arbetsledare och poliser, även åklagare och domare på alla nivåer.

Några försvarsadvokater fanns inte. När Cecilia frågade varför, muttrade den gamle åklagaren bara:

"Ingen vill försvara någon annan än sig själv."

Cecilia lyssnade noga på vad den gamle hade att säga och aktade sig för att göra något som skulle kunna leda till att hennes namn kom upp i en domstol. Varje dag slet hon som få med sten och berg, lydde blint envar som befallde henne och yttrade sällan mer än korta svar på tilltal – helst bara ja eller nej, om det räckte.

På ledig tid roade hon sig som de andra i matsalen med den dunkla belysningen. Där drack de Eufori, det varma, bittra vattnet som gjorde dem yra. De berättade grymma sagor och skrattade vasst åt varandras misstag.

Duell

Snart blev Cecilia självsäkrare. Hon kände sin duglighet och kraft växa, så hon vågade ta sig ton då och då, allra helst mot dem som inte var lika duktiga som hon. Med förtjusning kastade hon sig över allt svårare uppgifter och arbetade hårdare än någon annan med sin hammare och mejsel. Stendammet yrde om henne så att hon måste nysa, flisor och grus växte till högar framför hennes fötter.

Hon ville gå vidare, ville bli en ännu värdigare medborgare i Nadir och vinna de andras aktning. Auriga såg det och skrattade, men det fanns respekt i hennes röst när hon gav Cecilia den ena eller andra ordern.

Snart satt flera blänkande medaljer på Cecilias bröst. De visade mästargrader, som hon fått för sin skicklighet inom stenhantverket. Ändå var hon inte nöjd. Fanns det inget annat att göra för henne i Nadir än att hugga i sten? Alla valkar som hon fått på händerna kliade och hon hostade allt oftare av stendammet som fyllde luften. Var hon tvungen att stanna inom hammarens och mejselns yrke hela livet?

En dag dristade hon sig till att rådfråga den gamle åklagaren om det, när de var på hans kammare och han tystnat för att hämta andan efter ett långt förmaningstal.

"Du har samma möjlighet som alla andra, Sesia stenhuggarmästare", svarade han. "Genom duell kan du vinna en högre titel, eller förlora den du har."

Det hade Cecilia inte hört förr. Hon lyssnade uppmärksamt på åklagaren.

"Varje medborgare i Nadir kan när som helst utmana vem som helst på duell. Den som vinner tar den andras titel."

"Och den som förlorar?" sköt Cecilia in.

"Den som besegras förflyttas till slavtrupperna i Nadirs allra avlägsnaste regioner. Slavtrupperna tar hand om nyttorikets avfall. Det är den vidrigaste av alla sysslor i Nadir. Bara stanken där är outhärdlig", sa åklagaren med mörk röst och nickade tungt flera gånger. "Men för det mesta överlever inte förloraren i en duell. Skadorna är alltid stora och ingen vård erbjuds den fallna. Med tanke på vad som väntar i slavtrupperna är det lika så gott att inte överleva."

Cecilia grunnade mycket på detta. Hon hade tränat hårt på de dagliga drillningsövningarna och lärt sig hantera den niosvansade taggtrådspiskan med stor skicklighet – men aldrig prövat en verklig strid. Det hade mest varit en lek. Var och en valde sig ett vapen och övade på klippor och järnstoder i träningssalarna. Hon hade aldrig sett dem användas på allvar.

"Ingen vinner någonsin en högre titel utan att erövra den i duell", försäkrade den gamle åklagaren. "Så gjorde jag och så har alla gjort."

"Även Högsta Domaren?"

"Det var mycket, mycket länge sedan, men en gång måste också han ha gjort så. Genom duellen prövas människans duglighet. De starkaste ska härska och de svagare lyda. Sådan är lagen. Men en svag kan bli stark och en stark kan vekna. Därför finns duellen."

"Jag förstår", mumlade Cecilia. "Det är hårt."

"Det ska vara hårt, Sesia stenhuggarmästare."

Fastän hon bävade inför tanken att svinga den ruskiga taggtrådspiskan mot en annan människas kropp kunde Cecilia inte låta bli att grunna på möjligheten. Om det var enda sättet att få gå vidare i nyttoriket och om alla gjorde på samma sätt – varför inte även hon?

Utan att riktigt vara medveten om det tränade Cecilia allt flitigare med sin niosvansade piska, prövade sin kraft och snabbhet och sneglade ofta på hur de andra skötte sina vapen. Alla såg bistra och blodtörstiga ut.

Hon var glad att hennes egen rang var så låg att ingen frestades utmana henne. Visserligen glittrade bröstet av flera medaljer, men de var bara tecken på duglighet inom yrket. Högre rang markerades med gnistrande diamanter i ringar runt fingrarna. Människor med hög rang kunde ha fullt med ringar på flera fingrar, så att handen sprakade av ljus. Det var vackert. Hon skulle verkligen inte ha något emot att erövra en sådan ring – hålla upp den mot alla som hunsade henne och ryta: "Tig!"

Auriga hade en ring med en enda stor diamant. Även i svagt ljus glittrade den som solsken på en krusig vattenyta. Det var en strålande prydnad på hennes svarta handske. Cecilia ville gärna veta hur Auriga erövrat den. En dag tog hon mod till sig.

De hade arbetat hårt och länge med en stalagmit som var så smal att de nästan fick hålla andan för att inte spräcka den. Till slut var stalagmiten snirklad från fästet i berget ända upp till toppen. Auriga och Cecilia satte sig att beskåda sitt verk och tog av sig hjälmarna för att torka svetten ur pannan. Auriga såg ut att vara nöjd och vänligt sinnad.

"Säg Auriga", började Cecilia försiktigt. "Den där vackra ringen på ditt finger... hur fick du den?"

Auriga hade först tittat åt samma håll som Cecilia, på den gnistrande diamantringen – men när frågan kom kastade hon blicken rätt in i Cecilias ögon. Aurigas kinder blev röda och käkmusklerna spändes, som om hon ville bita sönder sina egna tänder. Plötsligt for hon ut med handen och gav Cecilia en rungande örfil. Det sved som eld och Cecilia fick tårar i ögonen. Utan ett ord reste sig Auriga upp, trädde hjälmen över huvudet och gick därifrån.

Vid nästa besök hos den gamle åklagaren frågade Cecilia försiktigt hur det kunde vara med Aurigas ring. Han försäkrade att Auriga vunnit sin ring på samma sätt som alla andra.

"Hur skulle hon annars ha fått den?" förhörde han sig. "De ligger inte och dräller på marken, sådana ståtliga diamanter."

Cecilia grunnade på varför Auriga aldrig tränade med något vapen. Var hon inte rädd för att många skulle åtrå hennes ring och vilja utmana henne? Men hon var stark och hård. Kanske litade hon på att det skulle avskräcka folk.

"Det är bra för dig att kunna hantera den niosvansade taggtrådspiskan", förklarade åklagaren för Cecilia. "Det är ett fruktat vapen som få vågar utmana, och det skrämmer och skakar den du själv utmanar. Ett klokt val för den som klarar av att hantera ett så svårtyglat vapen."

"Vilket är Aurigas vapen?"

"Varför undrar du det?" mumlade åklagaren och riktade sin pannlampa rakt mot den smala ögonspringan i Cecilias hjälm.

"Jag är bara nyfiken", mumlade Cecilia generat och var glad för hjälmen som dolde hennes ansiktsuttryck. "Hon tränar aldrig, så jag vet inte."

"Nå, det finns ett sätt att ta reda på det..."

Cecilia bleknade innanför sin hjälm. Skulle hon verkligen kunna tänka sig att utmana Auriga, som fortfarande var hennes enda vän i Nadir, den enda som då och då var nästan trevlig mot henne?

"Du har inga andra vänner än dig själv", sa åklagaren, som om han hört vad hon tänkte. "En människas framgång i Nadir måste gå över andras nederlag. Sådan är lagen. Låt det nödvändiga ske som det bör."

Dags nu

Aldrig trodde Cecilia att hon skulle utmana just den människa som visat henne så sällsynt tålamod, om det inte vore för att tålamodet verkade tryta. Auriga blev barskare och hetsigare mot Cecilia, som för att reta upp henne. Flera gånger delade hon ut en präktig örfil. Auriga verkade sur på allt och alla, men speciellt på Cecilia.

Var det åldern som skavde och gjorde henne vresig? Cecilia misstänkte det. Auriga var gammal och led kanske av alla möjliga osynliga krämpor. Hon uträttade allt mindre i arbetet med sten och berg, rörelserna blev långsamma. Hon verkade inte koncentrerad på sitt arbete, utan tycktes ha huvudet fullt av andra tankar. Snart blev Cecilia till och med irriterad på Auriga och tyckte att hon var till besvär.

Dessutom blev Cecilia alltmer trött på sina egna arbetsuppgifter, som hon kunde utan och innan. Hon måste få något nytt att göra. Så en dag hade hon äntligen samlat mod.

Auriga lämnade matsalen efter flera timmars avkoppling och många tömda bägare Eufori. Cecilia stod redo bakom hörnet till den långa gång som ledde mot Aurigas sovkammare.

"Auriga!" ropade hon och försökte låta stadig på rösten.

"Undan ur vägen!" morrade Auriga utan att lyfta på huvudet. Hon hade inte ens besvärat sig med att trä på hjälmen, fast hon lämnat matsalen. Det var säkert straffbart om någon rapporterade, men platsen var alldeles öde. "Jag ska sova och har ingen ork för dina dumma frågor. Sköt dig själv, Sesia stenhuggare!"

Då sträckte Cecilia fram sin högra hand, där hon höll piskan i ett fast grepp. Så snart Auriga fick syn på den piggnade hon till, sträckte upp sig och spände blicken hårt, hårt i Cecilias ögon – okänslig för det starka ljuset från pannlampan.

"Jaså, det är dags nu", sa hon och stannade några få steg från Cecilia. "Längre tid tog det inte för dig. Varför trodde jag någonsin att du skulle vara annorlunda?"

"Sätt på din hjälm och dra ditt vapen, vad det nu är!" krävde Cecilia och svängde hotfullt med piskan. Hon var alldeles yr av spänningen.

Auriga stod stilla en lång stund, som om hon somnat på stället. Blicken var drömmande, inte alls längre arg, men fortfarande fäst på Cecilia. Sedan trädde hon sakta hjälmen över huvudet och lyfte hammaren från sitt bälte.

"Jag är redo."

Så hammaren var hennes vapen! Cecilia darrade i hela kroppen. Auriga kunde verkligen hantera sin hammare, det hade Cecilia blivit varse under alla dessa dagar av arbete med sten och berg. Hon kunde inte låta bli att stirra på den grova järnhammaren och svett bröt fram i pannan.

Inte undra på att Auriga aldrig hade blivit utmanad! Alla visste ju hur mästerligt hon svängde sin hammare, hur själva berget darrade av hennes slag. Och inte undra på att hon aldrig stridstränat med sitt vapen – varje arbetsdag var ju en lång träning i hanteringen av det!

Cecilia önskade av hela sitt hjärta att hon aldrig beslutat sig för detta. Var det möjligt att be om ursäkt och gå sin väg?

Auriga höjde sin hammare över huvudet som om hon tänkte kasta den. Utan att riktigt förstå vad hon gjorde for Cecilia fram och svingade med all kraft piskans nio taggtrådssvansar. Hon blundade.

När hon långt senare öppnade ögonen var de tårfyllda. Auriga låg på stengolvet, hammaren hade fallit ur hennes hand och dräkten var i trasor.

Det var över. Cecilia kunde inte andas. Hon hörde Auriga stöna och hosta, och tvingade sig ner för att ta ringen från hennes finger. Auriga gjorde inget motstånd, krökte inte ens fingret, lät bara ringen glida av som om den ingenting betydde.

Ett ord slank ur Cecilia, mot hennes vilja, innan hon reste sig. Hon viskade:

"Förlåt!"

Det såg ut som Auriga hade nickat svagt, men Cecilia var inte säker. Hon skyndade bort med ringen gömd i sin krampaktigt slutna hand.

Cecilia sprang nedför grottgången utan att se sig om ens när hon rundat flera hörn, saktade inte in på stegen förrän hon föll ner i sin egen hårda brits. Kudden vättes av både tårar och svettdroppar.

Cecilia skämdes mer än någonsin förr. Tänk att hon hade slagit sin enda vän i nyttoriket! Att hon hade vänt sig emot den enda som velat hjälpa henne! Och samtidigt, mitt i skammen och sorgen, var Cecilia stolt över att ha besegrat denna starka kvinna, som alla stenhuggare fruktade. Paniken hon känt när Auriga blottat sitt vapen hade bytts mot triumf.

Ja, Cecilia kände också glädje, bubblande glädje i sitt bröst. Det fick henne att skämmas ännu mer men glädjen gav inte vika. Det hade gått så lätt.

Alltför lätt?

Cecilia bleknade om kinderna och lyfte med ett ryck huvudet från britsen. Alltför lätt? Hade Auriga verkligen kämpat med all kraft hon var förmögen? Hade hon försökt döda Cecilia, när hon höjde hammaren över huvudet – eller höll hon igen på slaget? Segern hade kommit så kvickt och lätt. Kunde det vara så att Auriga inte hade varit hårdhjärtad nog att göra mot Cecilia vad Cecilia gjorde mot henne?

"Jaså, det är dags nu", hade Auriga sagt. Hon visste att det skulle komma, hon hade väntat på det. Och så sa hon något mer: "Varför trodde jag någonsin att du skulle vara annorlunda?" Auriga hade varit besviken. Arg också, förstås – men kanske mer besviken och sorgsen, i alla fall.

Cecilia bet ihop tänderna. Nej, tänkte hon. Inte kunde Auriga ha utsatt sig för min niosvansade taggtrådspiska, riskerat döden eller ett liv i slavtrupperna, förvisad till att sköta avfallet i Nadirs utkanter. Inte kunde hon frivilligt gå in i det, bara för att hon inte ville slå mig! Hur många gånger har hon inte slagit mig? Nej, det kan inte ha varit så.

Cecilia sjönk ner på bädden igen och blundade. Hon

kände sig inte längre så förtvivlad men det dröjde i alla fall flera timmar innan hon somnade, och då sov hon oroligt och drömmarna var inte angenäma.

Auriga såg hon aldrig mer.

Riddare av Astranadir

Det blev fler dueller för Cecilia. Så snart hon fått diamantringen på sitt finger var det några som sneglade girigt på den och vågade pröva sina krafter mot henne. Trots att hon besegrat Auriga var de tydligen mindre rädda för Cecilia.

De första gångerna var Cecilia ohyggligt nervös, darrade och kallsvettades innanför overallen. Varje gång hon slog till med piskan måste hon blunda. Men den hårda träningen hade gjort nytta. Hon blev inte besegrad, inte ens av dem som var större och starkare. Det gav henne självförtroende nog att snart våga utmana medborgare med ännu högre rang än den hon just vunnit. Också där räckte hennes krafter till.

Ring efter ring kunde Cecilia trä på sina fingrar, tills båda händerna glittrade som julgranar. Hon blundade inte längre när piskan ven och darrade sällan inför sin fiende. Folk började väja för henne, sa aldrig emot när hon talade och höll sig inte mer än nödvändigt i hennes närhet. Ryktet om Cecilias många segrar spred sig långt utanför de grupper som med egna ögon kunde se allt glitter på hennes fingrar.

Cecilia var stolt. Hon befallde över många och hade kommit långt bort från arbetet med sten och berg. En tid var hon åklagare, efter att med största lätthet ha besegrat den gamle åklagaren som lärt henne Nadirs lag. Lutad över hans fallna kropp insåg hon varför det var så ont om gamla människor i Nadir. Man måste ha kraft för att överleva.

Som åklagare var Cecilia ivrigare till åtal och hårdare i sitt fördömande av utpekade medborgare än någon annan. Med hög röst förbannade hon dem som inte gjorde nog för Nadir, slarvade med plikterna eller brast i respekt för lagen. Hon höjde sin knutna näve och röt så det ekade genom Nadirs salar och gångar:

"Visa ingen nåd!"

Till och med domaren brukade huka sig inför hennes eldiga tal. Hon var inte sen att upptäcka detta och snart satt Cecilia domare i rättens högsäte.

Hon var en så sträng domare att alla i rättssalen darrade och duckade för hennes blick. Hon utdömde ohyggliga straff och det skulle aldrig falla henne in att låta nåd gå före rätt, eller att ge anklagade någon chans till bättring. Även åklagare, som inte talade högt nog mot de anklagade, kunde hon döma till stränga straff.

"Kom ihåg att det inte finns några oskyldiga!" brukade hon deklarera och slå klubban så hårt i podiet att skaftet kröktes. Då hoppade varenda en till och tog sig för bröstet.

Alltmer sällan blev Cecilia själv utmanad på duell. Enbart hennes rykte gjorde de flesta knäsvaga. Men Cecilia var inte nöjd. Hon fortsatte att se sig om efter nya titlar och ännu högre rang. Hon kände ett stigande förakt för de andra medborgarna i Nadir och drömde om att få möta någon som var stark nog att åtminstone ge henne en rejäl match. Trots den ståtliga titeln Högvördig Domare, som ytterst få i hela Nadir kunde skryta med, var hon långt ifrån nöjd.

"Finns det då ingen i hela nyttoriket som kan stå emot mig?" suckade hon ofta. "Har jag ingen annan överman än Högsta Domaren själv?"

Innerst inne vågade hon tänka att kanske skulle till och med Högsta Domaren, som hon fortfarande inte mött en enda gång, falla för hennes niosvansade taggtrådspiska. I största hemlighet började hon fantisera om ett sådant möte. Att en dag stå öga mot öga med Kejsaren över Rätt och Fel, höja sin piska och slå även honom till marken.

Hans grad bestod inte av en ynka ring på fingret. Nej, han bar en hel krona av blänkande guld, späckad med diamanter, rubiner och smaragder. Det hade den gamle åklagaren berättat att han hört av sin lärare, som hört det av sin. Tänk att få lyfta den sagolika kronan från fiendens hjälm och trä den över sin egen! Cecilia drog djupt efter andan varje gång hon tänkte på det.

Domaryrket var hon snart trött på. Det kunde till och med hända att hon nickade till när åklagaren höll sitt tal, och hon fnös och stönade när en anklagad någon gång gavs tillfälle att tala till sitt eget försvar. Cecilia ville vidare.

Därför blev hon till sig när hon stötte på en Riddare av Astranadir. De var inte många och brukade sällan visa sig bland medborgare av lägre rang, då deras titel var så innerligt åtråvärd att det alltid fanns någon som ville utmana dem. De bar en speciell sorts hjälm, tjockare och större än de andra, med lampor åt fyra håll. Det sades att de såg ut så för att ingen skulle kunna avgöra åt vilket håll de tittade.

Riddarna av Astranadir hade så hög rang att ingen domstol kunde röra vid dem, de lydde direkt under Högsta Domaren. Deras plikt var att vakta över underjordsstjärnan, som Cecilia ännu inte sett minsta skymt av. Nadirs stolthet och högsta syfte, den konstgjorda stjärnan, det himmelska verket – att få vakta den måste ändå vara en sagolik känsla!

Just den här Riddaren av Astranadir var en väldig man, nästan dubbelt så lång som Cecilia och flera gånger bredare. Med sådan kroppshydda var det inte underligt att han vågade visa sig bland folk av lägre rang.

Riddaren hade kommit in i den stora matsalen och slagit sig ned vid kanten av ett tomt bord med en stor panna omelett och en bägare fylld till brädden med Eufori, den sötsura drycken. Ett sus gick genom hela matsalen. Han brydde sig inte det minsta om alla de andra, tog av sin hjälm och drack djupt ur bägaren. Ingen vågade komma fram och sätta sig bredvid honom. Ansiktet var kantigt och grovt, ögonbrynen svarta och buskiga, näsan bred och blicken mörk. Han såg knappast ut att längta efter sällskap.

Cecilia visste från första sekund att hon måste utmana jätten. En sådan chans fick bara inte glida bort. Hon satt tyst på sin plats, iakttog omsorgsfullt alla hans rörelser, räknade med stigande hopp varje bägare Eufori han tömde och väntade tålmodigt tills han reste sig och gick. Då följde hon efter med hjärtat klappande av upphetsning.

En bit in i grottgången, där inga andra människor syntes till, skyndade hon förbi, vände och ställde sig i hans väg.

"Riddare, jag utmanar dig! Jag vill ha din hjälm och din rang", deklarerade hon och sträckte på rygg och hals så gott hon kunde.

Han stannade upp och tittade med stor förvåning ner på Cecilia, där hon stod med sin taggtrådspiska i handen och benen brett isär.

"Du, din lilla parvel – ska du utmana mig på duell?" röt han med kraftfull stämma. Sedan brast han i skratt. Det mullrade som jordbävning.

Cecilia väntade inte på att han skulle skratta färdigt, utan svingade sin piska med all kraft hon kunde uppbringa från tårna till hjässan. Utan att se vad för effekt det första rappet haft, slog hon en andra och tredje gång. Han hade tystnat.

Astranadir

Cecilia bar en ny hjälm på sitt huvud. Starkt vitt ljus strålade åt fyra håll. Den var dubbelt så tung som hennes förra hjälm. Var och en av de fyra lyktorna var mångfaldigt starkare än den enda lyktan på vanliga hjälmar. Hon fick röra försiktigt på huvudet till en början, för att inte musklerna i nacken skulle sträckas av den ovana tyngden. Ljuskäglorna nådde mer än femtio meter bort och när hon riktade pannlampan mot ringarna på sin handske gnistrade juvelerna som en eldsvåda.

"Äntligen!" utbrast hon. "Äntligen börjar det likna något!"

Hon lämnade för gott kvarteren som hörde till de arbetande medborgarna och styrde stegen mot den del av Nadir där Astranadir fanns. Astranadir och Kejsaren över Rätt och Fel!

Människor som mötte henne gjorde knytnävshonnören och hukade sig, somliga hejdade sig på avstånd och vände. De kände fruktan för hjälmen med de fyra lyktorna. Cecilia gick med stolta kliv, sträckt rygg och blicken riktad rakt framåt.

I slutet på den allra längsta grottgång hon någonsin sett fanns en rund port, tre gånger så stor som alla andra och bevakad av fyra bistra vakter med vassa spjut i sina händer. De gjorde knytnävshonnören för Cecilia och svängde upp porten utan att säga ett ord, fast de säkert såg att hon var ny.

På andra sidan porten fanns en ännu längre gång än den hon just passerat genom. Cecilia klev på utan att känna minsta trötthet. Ådrorna bubblade av glädje och stolthet. Äntligen!

Plötsligt var hon inne i en grottsal som var så ofantligt stor att hon inte hade trott att något berg kunde rymma den. Väggar och tak var täckta av lampor men det fanns ingen enda stalagmit eller stalaktit. Bergväggarna var lika släta och blanka som ytan på hennes hjälm. Det var säkert uppemot en kilometer från den ena sidan till den andra och nästan lika långt från golv till tak. Ändå fylldes hela salen upp av en enda tingest: Astranadir, underjordsstjärnan.

Cecilia tappade andan och snubblade några steg bakåt av hänförelse. Det var som att skåda rätt in i drömmarnas värld, ja, det var ännu mer fantastiskt än någon dröm! Astranadir var ett enormt klot byggt av oräkneliga stag av silver. Varje stag var inte mer än en meter långt och smalt som ett finger. De var sammanlänkade vid varandra i trekantsfigurer, från klotets mittpunkt och utåt, som ett slags skelett. Man kunde se rakt igenom hela den väldiga stjärnan och varje stag glänste.

Det var förtrollande. Cecilia stirrade och stirrade, utan att få nog.

Hur många hundra år måste det inte ha tagit att bygga detta klot! Och alltjämt arbetade många människor med att göra det större, att fästa stag vid stag i detta strikta mönster av trianglar åt alla håll, som tillsammans bildade klotets skelett. Människor satt eller klättrade över hela klotet – från marken ända upp till dess topp, flera hundra meter upp i luften. Fast stagen såg bräckliga ut, bågnade de inte det minsta när folk gick på dem eller hängde i dem. Cecilia var säker på att Astranadir skulle spränga hela berget isär, bara i kraft av sin strålande väldighet, när stagen nådde grottsalens väggar. Vad skulle kunna stå i vägen för något sådant!

Någon hade tagit sig fram till Cecilia och lade försiktigt handen på hennes axel.

"Vördade Riddare av Astranadir!" hälsade en man med samma sorts hjälm som hennes. Han var lång men också väldigt mager, med armar och ben som tändstickor, fast de täcktes av den tjocka overallen. "Välkommen till vår skara!"

"Tack!" sa Cecilia och njöt av att tilltalas på det viset. "Jag är stolt över att vara här."

"Det är vi alla. Nu är det dags för dig att möta Högsta Domaren, den enda som står över oss i rang."

Cecilia ville jubla högt, men tvingade sig till behärskning och följde efter den andra Riddaren. Hon skulle redan få se Högsta Domaren, minuterna efter att för första gången ha skådat underjordsstjärnan! Hjärtat klappade i rasande takt när hon vandrade runt hela det strålande klotet, och huvudet var fullt av ljuv svindel. Hade hon någonsin varit lika lycklig?

Då var det någon som kom och ställde sig i hennes väg, en av dessa många som arbetade på stjärnan. Han var inte större till växten än hon själv, hade många medaljer på sitt bröst men inte en enda ring på fingrarna.

"Stanna, Riddare, och möt din utmanare!" sa han och ritade cirklar i luften mellan dem med ett blänkande silverstag. "Alltför länge har jag nu slavat med underjordsstjärnans alla miljoner stag – äntligen ska jag bli Riddare och få makt att befalla!"

Cecilias ledsagare hejdade inte sina steg, så han var snart långt borta – som om han inte märkt vad som skett, eller inte brydde sig. Cecilia blev alldeles rasande över att hindras just nu, just när hon äntligen skulle få möta Högsta Domaren. Vad trodde den där ynkliga varelsen att han skulle förmå med sin silverpinne mot henne, som alldeles nyligen besegrat en många gånger större fiende! Hur vågade han komma just nu!

"Jag ska slakta dig för det här!" väste Cecilia mellan tänderna och lyfte sin piska. "Ingen får hindra mig nu!"

Med större kraft och hat än hon någonsin förut känt kastade sig Cecilia över sin utmanare. Han hann inte mer än höja silverstaven – om det var för att hugga eller skydda sig kunde inte Cecilia avgöra – förrän piskans nio taggtrådssvansar träffade och slog honom till marken.

Hjälmen sprack och föll av huvudet, stora revor slets upp i dräkten. Han kunde bara sträcka fram sina armar till skydd inför nästa slag.

Ögonblicket innan piskan träffade en andra gång skymtade Cecilia något i sin fiendes bleka hår, som fick henne att häpna och rycka tillbaka piskan.

För sent. Den träffade och ristade djupa sår i honom. Men Cecilia slog inte mer. Ljuset från hennes pannlampa var så starkt att hon såg hans huvud alldeles tydligt. Inte ansiktet, för det dolde han bakom armarna. Men runt huvudet, över det blonda håret, satt ett mörkrött pannband.

Allt hat rann av henne på ett ögonblick. Hon ropade med förtvivlan i rösten:

"Charlie!"

Flykt

Med två snabba kliv var hon framme vid den fallna och satte sig på knä vid hans huvud. Det var verkligen Charlie. Han hade svimmat och blödde ur flera sår. Håret var tovigt runt pannbandet, dräkten var i trasor, huden blek som benknotor, munnen öppen. Nadirs sigill med sina svarta cirklar syntes tydligt mitt på bröstet, som skälvde vid varje andetag.

Cecilias hjärna virvlade av tankar och minnen. Hon fick flera gånger slå handflatan mot sin hjälm för att samla sig. Så lång tid hade gått sedan de tvingades åt var sitt håll!

Hon mindes allt nu. Efter de första plågsamma dagarna i ensamhet hade hon inte tänkt mycket på Charlie, glömt bort allt annat än det kärva livet i Nadir. Nu kom det tillbaka. Zenit, ljusets värld... Charlie... dimman... allt!

Ögonen fylldes med tårar när hon tittade ner på Charlies ansikte och sargade bröst. Varför hade det blivit så här? Cecilia föraktade sig själv för allt hon gjort och tanklöst strävat efter, som medborgare i Nadir. Hur kunde hon ha glömt Charlie och deras känslor för varandra? De kom nu så starkt att hon ville kasta sig i hans famn och kyssa honom mitt på munnen! Vore inte hennes hjälm i vägen, skulle hon säkert ha gjort det.

Och Zenit, lyckolandet där alla var nakna och lät dagarna gå, utan längtan efter något annat än vad de kunde nå genom att bara sträcka ut sina händer. Elixirs svalka, sol på bar himmel, träd, frisk luft – hur kunde hon ha glömt allt det! Hade livet i Nadir verkligen varit så förföriskt? Cecilia blev kall i bröstet av skam.

"Men det är inte för sent!" mumlade hon bistert och lyfte försiktigt Charlie från marken.

Han stönade av smärtan från alla såren, men de var inte djupa. Han skulle överleva, han måste!

Cecilia struntade i alla som stirrade när hon skyndade fram genom grottsalen med Charlie i sina armar. Hon for fram med stora kliv och kände inte alls hans tyngd. De skulle tillbaka upp till Zenit, till lyckolandet där inga bekymmer fanns. Charlie skulle bada i Elixir, så att alla sår läktes, och sedan skulle de aldrig mer lämna varandra.

"Halt!" röt en avlägsen stämma.

Cecilia kastade blicken dit utan att sakta in. Den långa Riddaren som hade hälsat henne välkommen skyndade efter dem. Han hade höjt sitt vapen, en stor spikklubba av järn. Cecilia vände honom ryggen och rusade vidare. Hon lade Charlie över axeln och kände inte mer av hans vikt än av piskan i sin andra hand. Men Charlie stönade och kved för varje steg hon tog.

"Halt!" ropade Riddaren. "Högsta Domaren befaller!"

Åtskilliga som arbetade med Astranadir ville hindra henne och ställde sig i vägen, men hon behövde bara svinga piskan över sitt huvud för att det skulle komma på andra tankar.

"Håll ut, Charlie!" viskade hon mellan andhämtningarna. "Så snart vi hittar ett gömställe ska du få vila."

Det dröjde. Riddaren hade fått henne att springa åt fel håll, bort från ingången till den väldiga salen och in i en passage på dess motsatta sida.

Hon rörde sig nu i okända trakter. De såg ut som alla andra kvarter i Nadir, med långa gångar, runda portar och grottsalar av olika storlek. Hon hörde flera förföljare men såg dem inte, eftersom gången inte löpte rakt. Snart skulle de hinna upp henne. Länge till kunde hon inte springa i det här tempot med Charlie över axeln.

Hon försökte gissa vad som doldes bakom de många portarna i grottgångens väggar. Det fanns bara ett sätt att ta reda på det – att ta sig genom någon av dem. Då fanns en chans att Riddaren skulle rusa förbi och tappa bort henne. Men hon kunde lika gärna hamna mitt i något näste, fyllt med Riddare, eller en återvändsgränd där hon skulle vara fast tills de hittade henne.

Nå, hon hade inget val. Cecilia stannade upp vid nästa port, sparkade upp den, skyndade in och slog igen den efter sig. Det var becksvart, förutom ljuset från Cecilias hjälmlyktor. Där stod hon alldeles stilla med piskan beredd. Ljudet av flera förföljares hastiga steg kom närmare. Hennes hjärta klappade högt. Charlie andades ansträngt och ojämnt. Nu var förföljarna framme vid dörren. Cecilia tryckte örat mot den – saktade de av på stegen?

Nej, förföljarna skyndade vidare och snart dog

ljudet av deras språngmarsch ut. Cecilia drog en tung suck av lättnad och vände sig från porten.

De befann sig i en grottgång, mycket smalare än den förra och utan någon som helst belysning. Väggarna var inte det minsta bearbetade eller mönstrade, bara som en skrovlig ådra in i berget. Så gott hon kunde uppfatta fanns inga andra människor där.

Vart ledde gången? Var det en ny väg arbetarna höll på att bryta, som slutade längre fram i okuvlig bergvägg? Hon vägrade att tro det. Om de vände tillbaka till den stora gången skulle de snart vara tillfångatagna. De hade bara en chans – att fortsätta framåt och hoppas på det bästa.

Hon lyfte ner Charlie från axeln och höll honom ömt i famnen.

"Håll ut ett tag till, Charlie", bad hon. "Vi måste fortsätta en bit, så de inte upptäcker oss bara genom att öppna porten."

Charlie orkade inte svara, han bara kved av smärtan och andades alltmer ansträngt. Cecilia tog stora kliv fram genom grottgången. Den mätte bara en dryg meter i bredd, var inte högre än att hon skulle kunna röra vid taket om hon sträckte upp armen. Gången slingrade sig så krångligt fram genom berget att hon snabbt tappade all känsla för riktning.

Cecilia hade ingen aning om vart de var på väg. Hon fortsatte utan att tänka för mycket på det. Hela tiden lyssnade hon skarpt efter ljud från förföljare men hörde inget annat än Charlies ansträngda andning. När som helst skulle förföljarna begripa vad hon gjort och börja pröva de många portarna.

Hon undrade vad Högsta Domaren skulle ta sig till om han visste vad som hände. Skulle han själv ge sig ut på jakt? Alla rykten hon hört om Kejsaren över Rätt och Fel fick bröstet att stramas åt som i kramp inför tanken på att ha honom efter sig.

Cecilia hade Charlie så tätt tryckt mot sig att hon kände varje hjärtslag i hans bröst och varje plågat andetag. Snart var hon så utpumpad av ansträngning att hon måste göra halt och försiktigt lägga honom på grottgolvet. Hon satte sig tillrätta med hans huvud i sin famn.

Då orkade Charlie lyfta ögonlocken och titta upp mot henne. Blicken var så oklar att hon inte var säker på om han kunde se något alls. Cecilia tog av sig hjälmen och försökte le.

"Hej!" viskade hon lite lamt. "Det är Cecilia. Känner du igen mig?"

Charlies blick dansade över hennes ansikte och fixerades sedan mot hennes ögon. Han gjorde en minimal rörelse med huvudet, som om han ville nicka.

"Ja", kom det svagt ur hans mun.

Cecilia kände en flod av lättnad.

"Vila dig nu, Charlie. Sov och lita på mig. Jag ska skydda dig."

Så småningom lugnades Charlies andning och han somnade.

Även Cecilia kände tröttheten smyga sig på. Så mycket hade hänt. Armarna hängde, hon lutade sig matt mot bergväggen. Det var alldeles tyst och becksvart utanför hjälmlampornas räckvidd. Ögonlocken blev tunga. Hon blinkade hårt flera gånger, men de blev bara tyngre. Snart blundade även hon.

Grottgångens slut

"Förrädare!" röt en avlägsen röst.

Cecilia var med en gång klarvaken, trädde hjälmen över huvudet och höjde sin piska, utan att resa sig från golvet. Hon bet ihop tänderna.

"Vi är Riddare av Astranadir och vi vet att ni gömmer er här! Kom fram – Högsta Domaren befaller! Ge upp och kom hit, för allt är förlorat!"

Orden var svåra att urskilja i grottgångens eko. Den som ropade var långt borta, kanske vid ingången.

"Hör du?" viskade Charlie eländigt. "De har hittat oss!" Han stirrade upp på Cecilia med blekt ansikte, men orkade inte lyfta huvudet från hennes famn.

"Jag tror inte det", svarade hon med lika låg röst. "De bluffar. Säkert ropar de på samma sätt vid varje port för att vi ska ge oss tillkänna. Var bara tyst så ska du se att de försvinner."

De väntade, tyst sammanslingrade, och lyssnade till alla ilskna hotelser.

"Gör det inte värre för er! Ge er tillkänna och kom fram. Vi vet att ni är därinne. Högsta Domaren befaller!"

Fler hotelser blev det inte. Efter en stunds tystnad kunde Cecilia och Charlie slappna av. Det hade varit en bluff. Säkert stod förföljarna nu och röt vid en annan grottgång.

"Orkar du gå själv?" frågade Cecilia.

Charlie försökte sakta resa sig men föll ihop och skakade på huvudet.

"Då bär jag dig."

Hon vandrade med Charlie i famnen i vad som kändes som timmar. Gången tog aldrig slut. Den svängde hit och dit, lutade uppåt och nedåt och uppåt igen. Ibland smalnade den på höjden så att Cecilia måste gå hukad och trycka Charlie så tätt inpå sig att han stönade av smärta, ibland vidgades den så att hon knappt såg väggar och tak.

Hon undrade hur länge det skulle dröja innan Riddarna bestämde sig för att leta i den här gången. Visst hade hon skaffat sig och Charlie ett ordentligt försprång, men tänk om gången tog slut, tänk om den inte ledde någonstans? Det måste den göra! Måste!

Charlies andhämtning avslöjade att han blev allt sämre. Såren sög kraften ur honom. Om de inte snart fann vila och bot skulle han kanske dö. Han blödde inte längre men huden var het av feber och han darrade oavbrutet. Även Cecilias krafter avtog. Armarna värkte av sin tunga börda och benen höll på att bli som gelé. Hon skulle inte orka länge till.

"Fortsätt utan mig", sa Charlie med sprucken stämma. "Jag är för tung för dig. Lämna mig och rädda dig själv!"

"Aldrig i livet! Aldrig mer ska jag leva utan dig. Hellre dör jag! Men håll ut, vi ska snart vara räddade, det är snart över."

Charlie verkade inte tro mer på hennes ord än hon själv gjorde, men han sa inget mer. Cecilia ville gråta. Benen värkte av trötthet. När som helst skulle de vika sig under henne. Det blev oändligt tungt att lyfta fötterna, varje steg var en kamp. Utmattningen smög sig närmare. Snart skulle fötterna vägra att lyftas från marken, snart skulle armarna ge vika och Charlie falla till grottans hårda golv. Måtte de hitta en öppning, komma till gångens slut – vart den än ledde!

Det började slutta nedåt. Cecilia fick skärpa sig för att inte stupa framlänges. Det borde vara lättare att gå i nedförsbacke, men benen var så trötta att skillnaden inte märktes. Vilken sekund som helst skulle hon falla ihop. Vilken sekund som helst. Foten föll framåt ännu ett steg och det kändes som det allra sista. Det plaskade när stöveln slog mot golvet.

Vatten! Hon sänkte huvudet och lyste omkring sig med pannlampan. Gången ledde rätt ner i vatten. Framför dem var den fylld av vatten. Cecilia lade försiktigt ner Charlie på grottgolvet. Sedan föll hon ihop vid vattenranden och grät.

"Det är ute med oss, eller hur?" sa Charlie. Även hans ögon fylldes av tårar och han var blekare än snö i ansiktet, som om allt blod lämnat kroppen.

Cecilia bara nickade utan att få fram ett ord. Hon drog av sig hjälmen och lät den falla till marken. Den rullade ner i vattnet med ett litet plask och stannade strax under ytan. De fyra hjälmlyktornas sken blev dunklare under vattenytan, så det blev ganska mörkt omkring dem.

"Tack i alla fall", sa Charlie. "Tack för att du försökte!" Han orkade lägga sina armar om Cecilia och krama henne, lika vekt som om det bara var en sjal hon hade svept om sig. "Vi är i alla fall tillsammans igen. Det gör ingenting om det är slut nu."

Cecilia kände att hon borde säga något tröstande och hoppfullt, men hon var för trött. Allt som kom ur munnen var en svag grymtning. Hon låg tungt mot grottgolvet med armarna domnade längs sidorna och benen sträckta så att kängorna doppades i vattnet.

"Tänk, Cecilia", sa Charlie efter en stund, med drömmande tonfall, "tänk i alla fall att du blev Riddare – en av Astranadirs Riddare!"

"Äh! Det spelar väl ingen roll nu?" Hon ville inte gärna tänka på det som varit i Nadir, allra helst inte på vad hon gjort för att nå den höga titeln.

"Det är det finaste man kan bli i Nadir!"

"I Nadir, ja..." muttrade Cecilia mörkt.

"Tänk i alla fall att du kom så långt", envisades Charlie full av beundran. "Det gjorde aldrig jag. När jag äntligen vågade mig på en Riddare – då var det du. Jag klarade mig inte alls lika bra som du."

"Men Charlie, du arbetade ju med Astranadir när jag kom. Var inte det fint? Du byggde ju stjärnan, som är Nadirs stolthet."

"Det kunde väl vem som helst göra", mumlade Charlie, men det hördes att han var smickrad.

"Inte jag. Jag lärde mig hantera sten och förstod hur svårt det är – inte skulle jag kunna hantera de där vackra silverstängerna utan att de böjdes, eller klättra högt på stjärnan utan att trilla ner."

"Det tog ju förstås en stund att lära sig..."

"Där ser du", sa Cecilia. Hon pekade på Riddarhjälmen. "Jag behövde bara slåss för att erövra den – men att bära den krävde ingenting alls."

"Berätta, Cecilia. Hur erövrade du den?"

Cecilia vände bort blicken och kände att det knep i magen.

"Låt oss glömma allt det där nu."

Charlie hörde hur bekymrad hon blev och tystnade.

"Hur mår du egentligen, Charlie? Du är blek som ett..." Hon hejdade sig mitt i meningen.

"Det är inte så farligt", sa Charlie och log svagt. "Jag är snart bra igen."

Cecilia lade handen på Charlies panna. Även genom handsken, som hon inte orkade ta av sig, kände hon att han var het av feber. Hon baddade hans panna med lite vatten från sjön. Charlie log mot henne och hon såg att vattnet hade en lindrande verkan. Plötsligt stelnade han till och stirrade tomt ut i luften.

"Vad är det?" undrade Cecilia. Paniken högg i bröstet. "Vad är det, Charlie? Svara mig!"

Charlie vände på huvudet och stirrade på vattnet. Han böjde sig ner och doppade hakan i det, drack flera djupa klunkar, stirrade åter på vattenytan, som förhäxad.

"Vad är det?" frågade Cecilia igen.

"Elixir!" sa Charlie andäktigt.

Cecilia bara stirrade oförstående på honom.

"Det är Elixirs vatten, Cecilia! Jag känner det!"

Nu skyndade sig Cecilia att huka vid vattenytan och smaka. Ja, det var sant. Det måste vara Elixirs vatten – underbart kallt och skönt och uppfriskande!

"Och se!" fortsatte Charlie. "Det kommer ljus där nedifrån. Jag ser ljus i vattnet, riktigt dagsljus!"

Också Cecilia skymtade annat blänk och skimmer under vattenytan än det som kom från hjälmlamporna. Utan att yttra ett enda ord till plumsade de i, dök och simmade som om de aldrig gjort annat, som om de väntat en hel livstid på att få göra det.

På några sekunder hade de nått bottnen, slunkit under och förbi grottgångens krökta tak och kommit ut i fritt vatten. De bröt igenom vattenytan samtidigt, drog ett djupt andetag och skrattade högt – bullrande, skriande högt.

Elixir. De var verkligen där! De hade kommit upp mitt i sjön Elixir. I Zenit, lyckolandet, där solen lyste som aldrig förr.

Zenit igen

Det kyliga vattnet gav dem gåshud men också underbar svalka. Charlie trampade vatten och drog av sig sin svarta dräkt. Det var inte svårt, så trasig som den var. Cecilia däremot fick kämpa länge innan hon fått av sig kläderna. Alla de glittrande ringarna lade hon i hjälmens innanmäte. Varken hon eller Charlie släppte sina plagg, i stället byltade de ihop dem och höll dem under armen.

De stönade av lycka när vattnet friskade upp huden och lindrade all värk. De drack djupa klunkar, tog hastiga simtag och ville aldrig kliva upp på land.

"Äntligen!" ropade Charlie flera gånger. "Äntligen! Jag hade glömt bort hur skönt Elixirs vatten är."

När vattnets kyla efter en lång stund bitit sig fast i skinnet tog de sig upp på land. De slängde kläderna i en hög och sträckte ut sig på berghällen, som var alldeles varm av solens strålar. Solljuset vräkte sig över Cecilias och Charlies kroppar och genast började vattnet dunsta från huden. Såren på Charlies kropp hade i ett slag försvunnit.

"Jag kan knappt tro att det är sant!" suckade Cecilia och kisade mot solen.

De blundade och drog in djupa andetag. Huden njöt av friheten från tjocka kläder, så att den kunde bli kittlad av sol och frisk luft. Det var länge sedan de låg här senast, men all den tiden sipprade bort, som en dröm. Charlie snyftade av lycka och Cecilias ögon var tårfyllda. De höll hårt i varandra och ville inte någonsin släppa taget.

"Äntligen", sa Charlie igen, denna gång lågt som en viskning.

"Hallå där nere! Hjärtliga hälsningar!" kom en ljus och glad röst från klippsluttningen ovanför dem. "Vad är ni för några?"

"Muska!" utbrast både Charlie och Cecilia, på en gång klarvakna. De skyndade sig uppför slänten.

Men det var inte Muska. Pojken som ropat var lika liten och mager, blänkande och solbränd i hyn, lika pigg som de mindes Muska. Men det var inte han.

"Vem är du?" frågade Charlie och försökte att inte låta så besviken som han kände sig.

"Jag heter Grus", svarade pojken. "Vad heter ni själva?"

Han tittade nyfiket på dem uppifrån och ner. Särskilt Charlies pannband fångade blicken.

"Det här är Cecilia", sa Charlie och pekade på henne. "Själv heter jag Charlie."

"Underliga namn, Sali och Sesia. Och ni är stora för att vara nykomlingar."

"Var är Muska?" frågade Charlie ivrigt. "Och Crux och Dorado och Akvila?"

"Jag känner inga med sådana namn."

"Inte Ara heller? Eller Pavo?"

"Jo, Pavo känner jag. Han är nästan lika stor som ni. Men hur kan ni veta vad han heter? Ni är väl nykomlingar?"

Nadir

"På sätt och vis. Men vi har varit här förr", förklarade Cecilia med en liten suck. "För länge sedan."

"Jaha", sa pojken och verkade inte alls bry sig om det. Han pekade på högen med deras kläder och hjälmar. "Och det där?"

"Våra saker", svarade Cecilia och samlade upp dem. Hon hade ingen som helst lust att sätta på sig uniformen igen, men ville inte heller förlora den.

"Och det där?" Nu pekade pojken på deras bröst, där Nadirs cirkelmärkning satt. Den svarta färgen hade gått ur sigillen när de badade i Elixir, men skarpa ärr fanns kvar.

"Ett slags sår", mumlade Charlie.

"Jaha", sa pojken igen. Det var uppenbart att han inget visste om sår.

"Grus, vet du var vi kan hitta Pavo?"

"Följ mig!" sa pojken och skyndade iväg in i skogen.

De gjorde så efter bästa förmåga. Trots att de var större än sin vägvisare hade de svårt att hålla hans tempo. Marken var mjuk och dagsljuset bländade dem. Det var ovant.

Pavo låg och vilade sig vid foten av ett stort träd i skogens mitt. Det dröjde innan de kände igen honom, så mycket som han vuxit och förändrats. Håret var långt, armarna muskulösa och ansiktet inte längre så runt.

Han hade ännu svårare att minnas. Först när de berättat om många saker som hänt när de förra gången levde i Zenit kom han ihåg dem. Utan hjälp av Charlies mörkröda pannband skulle han nog aldrig ha lyckats.

"Det minns jag", sa Pavo med en röst som blivit till

och med mörkare än förr, och han fingrade tankfullt på pannbandet. "Men ni är verkligen annorlunda nu, eller minns jag så fel?"

"Nej, men det är länge sedan. Vi har förändrats – mer än vi hade lust till", förklarade Cecilia och kände sig sorgsen. "Det har hänt så mycket sedan vi sist vandrade på Zenits mjuka mossa och badade i Elixirs vatten. Det är ett under att vi inte båda är gråhåriga. När minnet inte ligger så nära, när vi kan tänka på det utan att det gör alltför ont, ska vi berätta för dig."

"Jaha", svarade Pavo.

De promenerade i maklig takt mot Stenstodsgläntan. Då och då på deras väg kom fler barn och förenade sig med dem, tittade nyfiket på Charlie och Cecilia, petade på dem, undrade över de cirkulära ärren på deras bröst och Charlies pannband. Det var nästan som första gången de kommit till lyckolandet Zenit, men ansiktena var inte desamma. Bara främlingar, bara nya barn. Charlie och Cecilia tittade runt bland dem och kände vemodet stiga.

"Vad har egentligen hänt med Crux, Akvila, Muska och alla de andra?" undrade Charlie.

"Ingen vet. De bara försvann. Jag tror att de togs av rövarna från Nadir", mumlade Pavo med bävan. "De har nog blivit mörkermänniskor."

En rysning for genom Charlie och Cecilia. De sneglade på varandra och undrade båda om de mött någon av sina gamla vänner nere i Nadir. Kanske, kanske inte – hjälmarna hade dolt alla ansikten. Cecilia bleknade inför den plötsliga tanken: hade någon av de många hon slagit med piskan varit Crux, Muska eller någon

Nadir 137

av de andra vännerna? Nej, så fick det inte vara. Så gott hon visste hade alla varit större än hon själv – större och äldre.

De kom fram till gläntan. Det första de fick syn på var stenstoden i dess mitt, lika svart och orubblig som förr. Nu visste de sannerligen vad den dolde!

De tänkte på Crux, som visat dem tillrätta och alltid var så vänlig, på Dorado, som tyckte särskilt mycket om Charlie och var så ivrig att pröva nya saker, den ständigt spralliga Muska, han som först hittat dem, och alla andra som de levat med under en ljuv och sorglös tid. Plaskat i Elixir, sprungit genom skogen och sovit tätt tillsammans genom skymningstimmarna. De mindes jättetallen som Dorado och Charlie lyckats nå toppen på. Hur de målat varandra med blåbär och lingon. Hundratals minnen kröp fram ur deras inre och de blev tunga till sinnet.

Pavo märkte inte alls hur det var fatt med dem. Han var snart glatt engagerad i de andra barnens bekymmersfria lek. Men Charlie och Cecilia gick och satte sig lite för sig själva i gläntans kant. Ögonen var fuktiga och de höll om varandra i tystnad.

Cecilia stirrade med sänkta ögonbryn på stenstoden och Charlie kände att hennes puls gick hastigare.

"Det får inte hända igen!" muttrade hon med eftertryck. "Det får inte hända igen att oskyldiga barn från Zenit värvas till slavarbetet i Nadirs nattsvarta grottvärld."

"Nej, visst är det hemskt!" höll Charlie med, utan att förstå vad Cecilia tänkte sig. "Men vad kan vi göra åt det?"

"Allt!" deklarerade Cecilia. "Vi ska stoppa dem. Nästa gång rövarna kommer upp i den där stenstodshissen för att fånga sitt byte ska de upptäcka att alla inte är försvarslösa! Nästa gång ska det inte gå så lätt."

Halt!

Stenstoden i gläntans mitt började surra. Skymningen hade tätnat så att klungan av sammanslingrade barn såg ut som en enda kropp. Ingen av dem reagerade när stenstoden sakta höjdes och blev längre. De sov.

Nej, alla sov inte. En flicka med långt mörkt hår satt en bit utanför klungan av sovande barn och stirrade som förhäxad på stenstoden. Hon var större än de andra och hade ett skarpt veck i den annars släta pannan, lodrätt från näsroten upp till hårfästet. Utan att röra sig, med hårt bultande hjärta, följde hon stenstodens långsamma stigning.

När den svarta stenpelaren stigit högt upp ur marken vreds den runt sin axel och två svarta rövare steg fram ur dess inre. Då blev det fart på flickan. Hon skrek till och det solbrända ansiktet blev med en gång blekt som snö. Hon for upp på fötterna och rusade iväg.

"Där!" ropade en av rövarna och pekade. Pannlampans ljus riktades rakt mot den springande flickan.

De satte av efter henne med långa kliv. Flickan skrek och sprang som en hjort, men rövarna var henne hack i häl och skulle snart hinna ikapp. Hon for ut ur gläntan och in mellan träden, med rövarna bara några meter efter.

Då hoppade två figurer fram på varsin sida om en tjock trädstam och ställde sig i rövarnas väg.

"Halt!" röt den ena med ljus men ändå mäktig stämma. "Stanna där ni är eller jag slår er till marken – så sant jag heter Cecilia, Riddare av Astranadir!"

De två rövarna stannade omedelbart upp och stirrade på Cecilias svarta dräkt, hennes hjälm med lyktor åt fyra håll och den niosvansade taggtrådspiskan i hennes hand. Charlie, på andra sidan om trädet, höll en grov träpåk i nävarna men hade inga kläder på kroppen.

"En Riddare!" utbrast den ena rövaren och båda flämtade och darrade.

"Ja, så är det", sa Cecilia och svängde långsamt sin piska. "Vågar ni trotsa en Riddare?"

Det gjorde de inte. Efter en stund hade den ena rövaren hämtat sig så pass att han tordes tala till henne, med ödmjuk stämma.

"Riddare av Astranadir, varför står du i vår väg? Vi gör ju bara vår plikt."

"Jag gillar det inte! Här ska inte rövas några fler barn."

"Men det är Nadirs lag att vi värvar dem som fått allvarsrynkan i sin panna och för dem till nyttoriket, där de blir noviser. Så har man alltid gjort och måste alltid göra. Du känner lagen – det är vår plikt!"

"Inte nu längre. Här är jag lagen och jag säger nej! Nadir får klara sig utan noviser. Eller tänker ni trotsa mig?"

Rövarna tittade på varandra och tvekade. Cecilia stod bredbent och självsäker med den otäcka piskan i sin hand. De växlade viskande några ord, som varken Charlie eller Cecilia kunde höra, sedan vände de och gick tillbaka mot stenstoden.

"Stopp!" röt Cecilia. "Ni stannar här!" Hon for fram över gläntan och ställde sig åter i deras väg. "Charlie! Allihop! Sätt fart!"

Genast blev det ett väldigt liv i gläntan. Alla barn for upp med en gång och skyndade sig att utföra vad Charlie och Cecilia tränat dem till. De släpade fram stora stockar från ett hörn av gläntan, trädstammar som sågats upp i längder på ett par meter. Dessa lade de på hög i stenstodsöppningen, så att halva stockarna var inne i dess cylinder och halva låg på marken utanför. Snart blockerade en hel hög med stockar ingången.

Rövarna stirrade och kunde knappt tro sina ögon. Detta hade de aldrig förr upplevt eller ens hört talas om. Hur kunde barn som bara levat sorglöst i lyckolandet åstadkomma detta? Och vad var meningen? De stirrade ånyo på Cecilia och skakade sina huvuden.

"Ni trotsar lagen", muttrade en av dem. "Det går inte. Högsta Domaren kommer att straffa er. Det här är vansinne!"

"Vi får väl se", sa Cecilia och log innanför hjälmen.

"Och hur blir det med oss?" frågade den andra rövaren oroligt.

"Ni stannar här."

"Nej! Inte det! Vi måste tillbaka!"

Cecilia bara skakade på huvudet.

"Vi måste tillbaka till nyttoriket. Det här är ingen plats för en vuxen människa", klagade rövarna med förskräckta blickar omkring sig. "Här härdar man inte ut att vara, i meningslöshetens land!"

"Var inte så säkra på det. Kom med mig!" Hon ledde dem i marsch in i skogen.

Charlie stannade kvar vid stenstoden för att se till att allt gick som beräknat. Förmodligen skulle den snart sänkas igen och då skulle det visa sig om stockarna höll. Om de inte brast skulle stenstodshissen fastna och Nadirs rövare aldrig mer kunna komma och stjäla några barn.

Cecilia tittade en gång till på den belamrade ingången till stenstoden, innan den alldeles skymdes av skogens många träd. Stockarna såg förvisso ut att kunna stå emot. Hon oroade sig inte, utan fortsatte genom skogen med sina fångar.

"Här stannar vi", sa hon när de kommit till klipphällen vid sjön Elixir. "Klä av er!"

"Du skämtar!" utbrast den ena rövaren förskräckt. "Det får man absolut inte göra, det är alldeles vämjeligt!"

"Klä av er!" upprepade Cecilia och slog till med piskan ovanför deras huvuden. "Det må vara förbjudet i Nadir men inte här i ljusets land. Gör som jag säger!"

Ett tag verkade det nästan som om de skulle våga försöka övermanna henne. Men Riddarhjälmen, alla ringar på hennes fingrar och den smidiga taggtrådspiskan fick dem att foga sig. Med största tvekan och många avbrott, då Cecilia måste svinga sin piska och ryta, fick de till slut av sig sina svarta overaller. Deras bleka hy rodnade djupt, de försökte skyla sig med händerna så mycket det gick.

"Nu ska ni bada i Elixir", fortsatte Cecilia obarmhärtigt och pekade mot vattnet. "Hoppa i!"

Efter många oroliga ögonkast mellan den klara vattenytan och Cecilia lydde de, blundade hårt och hoppade. Genast då det friska vattnet mötte deras hud såg Cecilia att deras miner förändrades.

"Det är ju skönt!" brast den ena rövaren ut. "Riktigt skönt!"

Nu njöt de av vattnets svalka och mindes hur de själva som små en gång plaskat runt däri.

"Varför lämnade vi någonsin detta?" brast den ena rövaren ut. "Hur kunde vi glömma lyckan?"

De började skratta, högt och verkligt glatt – inte alls så grymt som skratt alltid lät i Nadir. De plaskade runt där länge, stänkte på varandra och drack djupa klunkar.

Cecilia andades en lättnadens suck. Hon hade hoppats att det skulle gå så, eftersom Elixirs vatten till och med lyckats tvätta färgen ur Nadirs sigill på hennes och Charlies bröst. Sjön som läkte sår och gjorde kroppen pigg borde också uppväcka gamla minnen, värma hjärtan som frusit länge i Nadir. Och rövarna blev sannerligen som förvandlade.

När de äntligen kom upp ur vattnet var all butterhet och talet om lag och plikt som bortblåsta. De berättade med tårar i ögonen hur de plötsligt kommit ihåg sin egen lyckliga barndom i Zenit och hur eländigt mörk och plågsam tillvaron i Nadir egentligen var.

"Hur kunde vi ha blivit sådana?" frågade de sig. "Varför accepterade vi Nadirs alla omöjliga lagar och dess tomma kamp för ära? Det var rena galenskapen!"

"Jag gick i samma fälla", bekände Cecilia, "och jag förstår inte heller hur det gick till."

Sedan omfamnade de henne och tackade för sin räddning.

"Aldrig mer vill vi sätta vår fot i Nadirs mörka värld!" sa de innerligt. "Nu ska vi stanna i lyckolandet så länge vi lever."

Cecilia pekade på deras bröst där Nadirs sigill bleknat till ärr, som på henne själv. Hon tog av sin hjälm och dräkt och virade ihop plaggen tillsammans med piskan. Sedan promenerade de under glada ord och skratt tillbaka till Stenstodsgläntan.

Stenstodshissen hade sjunkit ner tills stockarna tog emot, och inte kommit längre. Charlie berättade att det gnisslat, brummat och tjutit om den och knakat högt i stockarna. Men de höll och stenstoden satt fast. Inga fler rövare skulle kunna komma upp, så länge stockarna låg kvar.

"Det var ett ohyggligt arbete att fälla träden och såga upp dem", sa Charlie och log med hela ansiktet, "men sannerligen värt varenda svettdroppe!"

De hade arbetat i flera dagar med Cecilias taggtrådspiska som en primitiv såg. Barnen hade löst av varandra och skrattat åt det hela, som om det bara vore en lek. När Charlie nu såg sig omkring verkade det som om de fortfarande trodde så.

Den enda som förstod allvaret var flickan Vela med allvarsrynkan i pannan, som rövarna kommit för att hämta. Hon tackade Cecilia och Charlie av allt sitt hjärta, ännu darrande av skräck efter den korta jakten. Och faktiskt började vecket i hennes panna att slätas ut.

"Jag hade blivit en skuggmänniska om ni inte stoppat dem", sa hon med uppspärrade ögon. "Ett grottdjur, fånge i nattens värld. Tänk så hemskt! Vad jag är glad att slippa!"

De två rövarna, som lämnat sina kläder nere på klippan vid Elixir och var nöjda med det, nickade ivrigt.

"Vi vet", sa de, "för vi har varit där. Du kan inte föreställa dig vilken plåga du räddades ifrån!"

Charlie och Cecilia blev generade av allt beröm de sedan fick och sa själva ingenting. Men det värmde deras hjärtan. De var stolta, såg under lugg på varandra och rodnade om kinder och öron.

"Det var så lite så", mumlade Charlie knappt hörbart. "Inget att tala om."

"Vi gjorde ju bara vår plikt", sa Cecilia.

Ekan

Den första tiden granskade Charlie och Cecilia ideligen stenstodshissen för att se om den fortfarande hölls fast av stockarna. Men när dagarna gick utan att stockarna brast brydde de sig mindre om den saken. Vela fick i uppdrag att hålla ögonen på stockarna, vilket hon åtog sig med högtidlig förtjusning.

"Allt väl med stockarna!" brukade hon säga varje gång de möttes. "Än håller de stenstoden på plats."

"Bra!" svarade Cecilia och råkade ibland göra det slags honnör med knytnäven mot pannan, som hon hade lärt sig i Nadir.

Annars löpte allt i sina vanliga spår. Barnen lekte och levde som de alltid gjort i lyckolandet, utan tanke på morgondagen eller det som varit. Charlie och Cecilia deltog ibland men brukade oftare hamna för sig själva, eller sitta i stilla samtal med de två rövarna. De pratade ibland om livet i Nadir men hellre om den underbara glädje som Zenits barn utstrålade, om Elixirs undergörande svalka, om grönska och sol och hur skön den friska luften var att andas.

Det kunde hända att Charlie och Cecilia berättade om hur de hade kommit till Zenit, om dimman och ekan och deras liv innan dess. Rövarna hade svårt att förstå, det syntes på deras rynkade pannor, men de sa inte bara jaha, som alla barnen. De lyssnade faktiskt.

Minnen hemifrån dök allt oftare upp, till Charlies och Cecilias egen förvåning. Dittills hade de sällan tänkt på sådant – hem och föräldrar, skolan, lärarna, klasskamraterna och gänget på gården.

"En dag måste vi nog åka tillbaka", sa Charlie tveksamt. "I början minns jag att vi trodde att allt det här var en dröm. Men nu känns det nästan som om ekan och dimman och allt innan dess är drömmen. Att det här är verkligheten."

"Ja, vem vet egentligen vad som är verkligt?" mumlade en av rövarna tankfullt. "Jag tycker själv att Nadirs mörker börjar bli som en avlägsen dröm. Här sitter vi i solgasset, med kroppar som har färg av solen och blänker av Elixirs vatten – var finns då mörkret?"

"Det finns, var så säker!" sa Cecilia med mörk röst. "Vi ska inte tro att vi gjort oss av med det för alltid. Se bara ärren efter Nadirs sigill på våra bröst."

Fastän ingen färg fanns kvar i cirkelmärkningen, skymtade ännu svaga ärr, som inte ville försvinna hur mycket de än badade i Elixir.

"Ja", instämde Charlie med en rysning, "mörkret finns kvar."

Charlie, Cecilia och de två rövarna promenerade i sävlig takt genom skogen. De åt av de söta frukterna som föll ner i deras händer när de sträckte sig efter dem. På avstånd hördes ljudet av barns skratt och lek. Charlie kliade sig under pannbandet.

"Jag undrar hur länge vi varit borta", sa han. "Det känns som flera år. Cecilia, tror du att ekan finns kvar – och dimman?"

"Varför inte?" svarade Cecilia hastigt.

En oro vaknade alltid i hennes bröst när de pratade om sådana saker. Även hon kände att de en dag måste kliva ner i ekan igen och lämna Zenit, men hoppades att det skulle dröja. Eller gjorde hon inte det? Kanske oron i bröstet inte var annat än längtan, för visst var hon nyfiken på hur det låg till hemma. Ansikten dök upp för hennes inre syn, ansikten som hon inte sett på mycket länge. Var fanns de nu – hennes lillebror, mamma och pappa? Och vad trodde de hade hänt med henne?

"Låt oss se efter!" sa Charlie.

"Ja, det gör vi!" instämde rövarna hurtigt, fast de inte riktigt begrep. De ville muntra upp sina vänner.

Charlie skyndade iväg före dem till den stora tall, som sträckte sig högt över alla andra träd och hade så makalös utsikt. Innan de andra hunnit fram till trädets fot, var han på väg upp mot toppen.

"Oj, oj, att han vågar!" sa den ena rövaren, lutade huvudet bakåt och kikade mot trädets topp.

"Nå?" ropade Cecilia. "Ser du något?"

"Ja", svarade Charlie där han klamrat sig fast vid trädtoppen. "Jag ser båten – och dimman."

Cecilia andades en lättnadens suck. Båten låg kvar. Då fanns fortfarande möjligheten att ta sig hem. Och hon visste med ens att hon faktiskt längtade. Dimman skulle tydligen aldrig lätta – det hade hon inte heller räknat med – men en dag skulle de trotsa den. Nu var hon säker. En dag skulle de åka hem. Snart.

Högsta Domaren

När det började skymma styrde Charlie, Cecilia och de två rövarna stegen mot Stenstodsgläntan. De promenerade i tystnad, med sina huvuden fulla av vemodiga tankar. Vela mötte dem på vägen, drypande våt efter att ha badat i Elixir tillsammans med några andra, som också kom och skockades omkring dem.

Cecilia kände att det var en sådan kväll då ingen skulle bry sig om att sova. Skymningstimmarna skulle säkert ägnas åt berättelser och gamla legender, som så många gånger förr.

Nu för tiden var det förstås andra än Crux som brukade berätta. Cecilia suckade. Tänk om en av alla de utmanare som hon besegrat och lämnat efter sig under sin karriär där nere varit Crux? Varje gång den tanken slog henne – och det var ofta – rös hon i hela kroppen och ville gråta. Hon hoppades innerligt att de en dag skulle mötas igen, att Crux skulle stiga fram och säga med den där mjuka, snälla rösten:

"Hjärtliga hälsningar, Sesia!"

Bara då kunde hon vara säker.

Cecilia ruskade på huvudet och försökte tänka på annat. Det var en skön kväll, fylld av grönskans dofter. Barnen hade samlats huller om buller i Stenstodsgläntan, pigga och förväntansfulla.

Det var uppenbart att den här kvällen skulle ingen sova. De skulle åter få höra om tiden före allting annat, när mörker och ljus seglade omkring i var sitt hörn av universum, när solen och månen krockade och mycket annat. Det brukade vara Pavo med sin mörka röst som berättade.

Kanske skulle också någon av rövarna återigen berätta om det kusliga Nadir, om Högsta Domaren och de väldiga grottorna, om underjordsstjärnan Astranadir som aldrig blev klar. Det brukade få alla barn att rysa och hålla om varandra riktigt hårt. Och kanske skulle alla tåga iväg till Elixir för att omringa sjön och rena den med sång.

Just när Cecilia skulle slå sig ner i mossan fick hon syn på något som fick huden att knottras och håret att resa sig. Stenstoden hade åkt ner! Stockarna låg huller om buller bredvid den, och stenstoden hade åkt så långt ner i marken att bara en meter av den stack upp.

"Vad har hänt?" ropade hon rätt ut. "Vem har flyttat på stockarna? Vem!"

Vela skrek när hon såg det och skyndade dit, som för att försöka göra det ogjort. Cecilia spanade omkring sig. Först på rövarna, som hukade sig under hennes ilskna blick och lovade dyrt och heligt att de var oskyldiga.

"Det måste du ju själv veta, som var tillsammans med oss hela dagen!"

"Det har ni rätt i", suckade hon. "Och ni är väl de sista att vilja göra det. Men vem är det då?"

Det måste ha varit ett väldigt arbete att flytta på alla tunga stockar. Hon kunde inte begripa vem som gjort det. Hade fler människor smitit upp från Nadir – kanske genom undervattensgrottan i Elixir? Men säkert skulle dess vatten i så fall påverka varje människa på samma sätt som det påverkat Charlie, Cecilia och de två rövarna. Nej, sådant sattyg kunde inte komma upp ur Elixir.

Fanns kanske andra vägar upp från Nadir? Varför hade de i så fall inte använts förr, och vad var då vitsen med stenstoden? Hon begrep inte.

"Vad har hänt? Är det någon som vet?" ropade hon.

"Jag", kom en mörk röst från klungan av barn och ett av dem reste sig. "Jag vet."

Han var i utkanten av klungan och hade ljuset från den neråtgående solen i ryggen, så Cecilia såg inte vem det var.

"Kom hit och berätta", bad hon och tittade skarpt åt hans håll. När han tagit några steg närmare såg hon att det var Pavo. "Pavo", frågade hon, "vad är det du vet?"

"Det var jag", sa Pavo allvarligt och ställde sig med rak rygg framför henne. "Det var jag som flyttade på stockarna."

"Du!" röt Cecilia. Hon grep tag om hans axlar och skakade honom. "Varför? Vad tog det åt dig!"

I samma ögonblick lade hon märke till något som fick henne att släppa. Han hade allvarsrynkan i sin panna.

"Ja, så är det", svarade Pavo med sprucken stämma, när han såg vad hon tittade på.

Cecilias armar sjönk. Pavo talade fort:

"Jag vill också finna mening, jag vill också gå igenom allt ni har berättat om! Det kanske är ett elände, kanske gör det ont och är farligt – men jag har varit sysslolös alldeles för länge nu. Jag vill pröva något annat – vad det än är! Ni överlevde, så varför skulle inte jag?" Han höjde gradvis rösten, mörk, nästan morrande. "Det kanske var bra som det var innan ni kom och ändrade på allt. En dag räcker det inte att vara lycklig och göra ingenting hela dagarna. Det blir tråkigt. Jag vill pröva mina krafter i Nadir! Jag vill, vad ni än säger!"

"Stackars Pavo", suckade Cecilia och tog försiktigt hans darrande knutna hand i sin. "Jag förstår dig. Jag förstår hur du känner det. Men ingen vet vad som händer nu!"

Det började surra i stenstoden. Alla tystnade och blev blick stilla. Vartenda öga riktades mot stenstoden.

En sekund for det över Cecilia att försöka hindra stenstodshissen från att resa sig. Kanske om tillräckligt många ställde sig på den? Men hon gav upp idén. Vad som skett hade skett, det var inget att göra åt.

Surrandet steg till ett brummande och stenstoden lyfte långsamt upp ur marken. Samtidigt började vinden blåsa hårt. Dunkla åskmoln seglade fram över skymningshimlen. Gläntan mörknade.

För första gången täcktes himlen ovanför Zenit av mörka moln. Blixtar ljungade och åskan dånade, men inget regn föll. Det var mörkt nu, nästan som verklig natt. I skenet från blixtarna såg stenstoden ut att räcka ända till himlen. Barnen hukade sig och darrade. Det gjorde även de två rövarna.

"Å nej!" stönade en av dem. "Nu är det slut!"

Stenstoden stannade och vreds sakta runt. En stämma kraftigare än själva åskan röt:
"Ge plats för Högsta Domaren, Kejsare över Rätt och Fel!"
I nästa ögonblick klev han fram ur stenstoden.

Var är Draco?

Det var en väldig gestalt, den väldigaste som Charlie och Cecilia någonsin sett. Högsta Domaren måste vara nästan tre meter lång. Charlies knän skakade, alla barn i gläntan stirrade med ögon stora som tefat.

Den mörka jätten steg ut framför stenstoden, med ena handen vilande på höften och en lång spira i den andra. På spirans topp satt en diamant, stor som en knytnäve. Den gnistrade och glimmade som om en stjärna vore fångad inuti den. Men det var mer på Högsta Domaren som gnistrade. Över den svarta hjälmen satt en ståtlig krona av guld, belamrad med många olika juveler. De glittrade i regnbågens färger, så att ett helt fyrverkeri satte fart när han rörde det minsta på huvudet.

Han hade en svart dräkt, precis som alla från Nadir, men den här verkade vara gjord av metall, som en rustning. Från huvud till fötter, från axlarna ut över fingertopparna, var han inkapslad i svart metall. Man kunde inte se något kikhål i hjälmen och inga lampor, men alla kronans juveler spred så mycket ljus omkring sig att skymningsmörkret blev till dag i hans närhet.

Efter Högsta Domaren kom sex Riddare av Astranadir ut ur stenstoden och ställde sig i en halvcirkel bakom honom. Deras hjälmlampor spred ytterligare ljus åt alla håll, ett spöklikt sken som skapade många skuggor. Utanför deras ljus var det nattsvart av de mörka molnen på himlen. Åskvädret fortsatte, blixtar kom tätt och åskknallar rullade oavbrutet. Vinden tjöt i trädens kronor.

"Jag är Kejsaren över Rätt och Fel", röt den väldige mannen över stormens oväsen, "och jag har kommit för att döma!"

Cecilia knackade försiktigt på Charlies axel. Hon höll fram ett bylte till honom och nickade menande. Hennes ansikte var blekt i skenet från Kejsaren och hans Riddare, men blicken var skarp och orädd.

"Var gömmer sig de skyldiga?" röt Kejsaren. "För fram de skyldiga till mig!"

"Här!" kom en ynklig röst från en av de två rövarna. De hade hukat sig, bleka och skälvande, och kröp nu fram till honom, praktiskt taget på alla fyra. "Vi erkänner och ångrar oss. Nåd, store härskare, nåd!"

När de kommit i hans närhet höjde Kejsaren sin spira, vars diamant genast gnistrade ännu intensivare och bländade dem som tittade rakt på den. Han svängde den mot rövarna och de föll ihop som träffade av ett klubbslag, fastän spiran inte ens nuddat dem. Där blev de liggande. De stönade och kved med sina ansikten mot marken.

"Kräk!" vrålade Kejsaren utan att titta åt dem. "Och nu – var gömmer sig de allra mest skyldiga? För fram dem till mig!" Han tystnade med spiran höjd över huvudet.

Inget mer hördes än allt oväsen himlen förde. Kejsaren blickade ut över de förskräckta ansiktena i gläntan.

"Var, var?" upprepade han med ännu högre röst. "Kliv fram, förrädare! Högsta Domaren befaller."

Nu dämpades till och med åskan ett ögonblick, som om även den gripits av förskräckelse och höll andan likt alla barn i gläntan. Kejsaren vred sitt huvud åt vänster och höger. Det sprakade om juvelerna i hans krona, spiran pendlade i luften ovanför honom.

Då kom en betydligt svagare men ändå bestämd röst från gläntans ytterkant:

"Tror du att det här spektaklet skrämmer oss?"

Det var Cecilia som talade. Trots att hennes röst bara nätt och jämnt nådde fram till stenstoden lät den säker och stolt. Hon hade rest sig och klivit fram ur mörkret. På huvudet bar hon hjälmen med fyra lampor och kroppen täcktes av den svarta overallen.

Bredvid stod Charlie. Även han var klädd i svart dräkt och bar en hjälm på huvudet. Plaggen var en aning för stora, de tillhörde en av rövarna, och hjälmen hade bara en pannlampa, men han stod lika rakryggad som Cecilia, med en grov träpåk i händerna och blicken riktad rätt mot Kejsaren.

"Vi är inga förrädare", fortsatte Cecilia. "Vi känner oss inte skyldiga. Du är själv den skyldige, som länge plågat så många människor i Nadirs grymma värld."

"Vem är vansinnig nog att våga tala så till Kejsaren över Rätt och Fel? Jag bestämmer vem som är skyldig! Jag! Kom fram och ta ditt straff, förrädare!"

Samtidigt med hans hårda ord brakade åskan igång igen. Cecilia bara skakade på huvudet.

"Det är du som borde straffas, människoplågare!" ropade Charlie och hötte med träpåken.

"Kom hit!"

Vi lyder inte dig, din pajas", sa Cecilia. "Vi stannar här."

"Riddare av Astranadir!" röt Kejsaren till sina följeslagare. "Högsta Domaren befaller – för hit dem!" Han riktade sin spira mot Charlie och Cecilia.

Genast steg de sex Riddarna fram och började marschera rakt mot dem. Barn som satt i Riddarnas väg kastade sig åt sidan, annars hade de säkert blivit nedtrampade.

"För hit förrädarna – och slit Riddarhjälmen från hennes ovärdiga huvud!" röt Kejsaren.

Cecilia stod bredbent och höjde sin högra hand. Hon höll i den niosvansade taggtrådspiskan. Charlie grep hårt i sin träpåk. Riddarna stannade någon meter framför dem och höjde sina vapen. Var och en av de sex Riddarna var mycket större och kraftigare än Charlie och Cecilia.

"Släpp era vapen och lyd!" befallde en av Riddarna. "Annars ska vi krossa er!"

Cecilia visste att hon och Charlie inte hade en chans mot dem, men hon bet ihop tänderna, tog ett djupt andetag och höjde armen högt över huvudet, beredd till slag.

Då grep någon tag i piskan bakifrån.

"Låt bli, Cecilia", mumlade en sprucken stämma alldeles inpå hennes öra. "Det är meningslöst."

"Nej! Det är inte meningslöst!" brast Cecilia ut och svängde runt, samtidigt om hon försökte rycka till sig piskan. Det gick inte alls, den satt i ett järnhårt grepp.

Det var en gammal gumma som höll fast den. Hon

var liten och rynkig som ett russin, med yvigt silvergrått hår som räckte ända ner till knäna. Hon hade inga kläder på sig men det långa håret täckte kroppen, nästan som en päls. Trots att armen som höll i Cecilias piska var smal och knotig, var greppet orubbligt. Gumman skakade stilla på huvudet.

"Det får vara nog med galenskaper nu", sa hon och spände sin skarpa blick i Cecilias ögon innanför hjälmens smala springa. Trots att pannlampan lyste rätt in i kvinnans ögon verkade det inte alls besvära henne. Pupillerna var mindre än knappnålshuvuden och irisarna var brandgula, som glödande kol. "Alltför mycket blod har redan spillts."

"Ännu mer blir det om inte Nadirs Kejsare stoppas!" protesterade Cecilia och ryckte förtvivlat i sin piska. "Släpp och låt mig försvara oss!"

Hon sneglade åt Riddarnas håll. De hade först hejdat sig av förvåning när den gamla gumman dök upp, men nu gled de åter närmare. Charlie höjde sin träpåk, osäker på om han skulle slå mot den gamla kvinnan, så att Cecilia kunde ta sig loss, eller mot Riddarna. Han trodde inte att han kunde förmå sig till att slå den gamla, som inte hade det minsta skydd på kroppen. Samtidigt for det genom huvudet att han kände igen henne, utan att riktigt komma på varifrån.

Cecilia hade gripits av samma tanke, där hon stod och stirrade in i gummans rynkiga ansikte. Det slog henne också att gumman kallat Cecilia vid hennes rätta namn, i stället för Sesia, som alla andra sa.

"Vem är du?" frågade hon. "Var har jag sett dig förr?"

Då fick några av Riddarna tag i Charlie, vred påken ur hans händer och höll så hårt i honom att han skrek och trodde att armarna skulle brytas. En av de andra höjde sitt vapen, en stor spikklubba av järn, för att slå Cecilia.

"Stopp!" röt den gamla kvinnan så högt att det sved i Cecilias trumhinnor. Detta enda ord skar genom luften, sprängfyllt av kraft och myndighet.

Riddarna stannade upp.

"Vem var det?" ropade Kejsaren ilsket. "Vem är det som hejdar Högsta Domarens tjänare?"

"Vem tror du?" svarade kvinnan. "Vem är du själv? Har den Draco jag en gång kände drunknat under alla stora titlar!"

Då blev också Kejsaren stum och sänkte spiran till marken, som om den plötsligt blivit honom för tung.

"Lynx!" sa han, efter en lång tystnad.

"Ja, det är Lynx", svarade kvinnan. "Inga titlar, ingen glittrande uniform – bara Lynx. Men var gömmer sig Draco? Varför allt detta mörker?" Hon gjorde en svepande gest omkring sig med den hand som inte höll i Cecilias piska. "Vågar inte Kejsaren se den värld han härjar i? Se ditt verk, Kejsare över Rätt och Fel! Se ditt verk, Högsta Domare!"

I samma ögonblick tystnade åskan, ingen mer blixt ljungade och de mörka molnen började röra sig, splittras och tunnas ut. Vinden mojnade. En ljusnande gryningshimmel blottades och ljuset nådde gläntan. Ännu skymtade inte solen, men det märktes att den snart skulle stiga över horisonten.

Juvelerna i Kejsarens krona och spira glittrade inte

längre, de blev matta som gråsten. Riddarnas hjälmlampor slocknade, de svarta overallerna blev grå och tycktes plötsligt tunna och sköra. Kejsarens väldiga gestalt krympte inför gryningsljuset och hans rygg kröktes. Gumman ropade:

"Var är Draco, som flydde in i mörkret för att slippa se och känna skam inför sina egna handlingar? Lynx kallar på honom!"

Både Charlie och Cecilia mindes nu vem hon var. Lynx, den gamla gumman som de mött en dag i skogen för länge sedan, innan de rövades bort till Nadir. Trots att hon var kortare än de och tyngd av ålder, strålade hon nu av makt och myndighet. Ögonen glödde och rösten skar genom luften.

"Var gömmer sig Draco?"

Kejsaren lyfte händerna till sin hjälm. Rustningen skramlade. Han tog av hjälmen och lät den falla till marken, där spiran redan låg.

"Här!" sa han.

Morgon

I precis samma ögonblick som Kejsaren blottade sitt huvud, bröt solens första strålar fram över horisonten. Det var dag, himlen sken ljust blå och alldeles molnfri. Han blinkade och kisade och försökte skugga ögonen med sin plåtklädda hand.

Kejsaren såg minst lika gammal ut som Lynx. Hjässan var kal, men han hade ett långt rött skägg. Ansiktet var magert, täckt av rynkor, läpparna tunna och spruckna och ögonen så stora att de nära nog trillade ut ur sina hålor. Huden var blek, ögonbrynen borstiga och möttes inkrökta ovanför näsroten. Kejsaren hade allvarsrynkan i pannan, längre och djupare än någon annans. Han såg tyngd och plågad ut. Det dröjde innan han lyfte huvudet för att möta Lynx skarpa blick.

Genast då Kejsarens ansikte blottades kände Cecilia att hon trots allt tyckte synd om honom. Han var Högsta Domaren, Kejsaren över Rätt och Fel, den mäktigaste i Nadir – ändå verkade han så dyster.

"Här är jag", sa Kejsaren efter en lång stunds tystnad. "Draco lever ännu efter alla dessa år. Jag lever och minns."

Lynx blick hade mjuknat. Det syntes tydligt att hon kände ömhet för den gamle mannen, nu när hans ansikte var blottat och uppsynen så eländig. Hon släppte Cecilias piska, gick långsamt fram till Högsta Domaren, lade armen om hans axlar och tittade honom djupt i ögonen.

Nu syntes det att han inte alls var så lång som det först verkat. Längre än Lynx, visserligen, men inte mer än att hon nådde honom till hakan. Cecilia skakade stilla på huvudet och undrade hur alla kunnat vara så rädda för den mannen. Nu såg han inte ut att kunna ställa till minsta skada. Var det bara den ståtliga hjälmen och rustningen, som i alla tider hade skrämt nyttorikets undersåtar?

"Käre Draco", började Lynx med mjuk röst. "Så lång tid har gått, med hela vår värld upp och ner. Är det inte dags att vända den rätt?"

"Men Lynx, jag har bara gjort med den vad alla människor egentligen önskade!" svarade Högsta Domaren. "Du vet hur alla tröttnar på friden, hur allvarsrynkan växer fram i deras pannor och de ber om ett liv av slit och hot och hårda lagar. Vad skulle hända om Nadir försvann, om allt blev bara ljus och sorglöshet?"

"Om det är så här människorna önskar sig världen, käre Draco – varför behövs då våld och vapenmakt för att de ska lyda?" Lynx blickade menande mot Riddarna, som stod handfallna med sina kraftiga armar hängande längs sidorna. "Nej, det har blivit galet i vår värld. Saker och ting har fått gå för långt. Livet är inte så trångt att det bara kan erbjuda antingen lycka eller nytta. Plats finns för båda. Se på Cecilia och Charlie, som vågade göra uppror mot dina lagar! De kände samma ansvar som du och jag en gång."

Hon signalerade åt Charlie och Cecilia att ta av sina hjälmar. De lydde genast och lät dem falla till marken.

"Ser du att de fortfarande har allvarsrynkan i sina pannor? Ändå längtade de till lyckolandet och ville skydda barnens sorglösa liv mot ditt rikes plikter och hårda ordning."

Som en reflex for både Charlies och Cecilias händer upp och rörde vid pannan. Jo, där satt ännu rynkan – det hade de alldeles glömt bort.

"De skulle aldrig lyckas!" protesterade Kejsaren. "Deras egna vänner skulle vända sig mot dem och kräva tillträde till Nadir. Det har ju redan hänt, bara några dygn efter att de spärrade vår väg! Och det skulle hända igen och igen och igen."

"Men förstår du inte?" suckade Lynx med mungiporna krökta i ett milt leende. "Jag säger inte att Nadir måste försvinna. De båda rikena kan blandas. Cecilia och Charlie vill känna både nytta och lycka. Så vill vi alla. Det bör inte vara en värld av endast mörker och en av bara ljus. Släpp in lite ljus i mörkret, precis som det måste finnas en och annan skugga i ljuset. Ingen värld ska försvinna, låt oss bara riva gränserna mellan dem. Sedan kommer allt att ske som det vill och varje människa finner den blandning av ljust och mörkt som behagar mest."

"Tror du verkligen att det fungerar?" mumlade Kejsaren och skakade stilla på huvudet.

"Hur tycker du egentligen att det här har fungerat, då?" Hon pekade på stenstoden, som ännu reste sig högt över marken. "Vi får väl se hur det fungerar. Men inte ska vi, gamla människor, sitta och bestämma hur allt bör gå och hur allting bör utföras – det har vi hållit på med för länge nu. Låt oss lämna världen åt sitt eget öde och åt dem som lever i den."

Med en smidig rörelse fick hon av honom båda handskarna och fattade ömt hans händer. De såg djupt in i varandras ögon och märkte inte längre folksamlingen omkring dem.

"Vi har levat långt ifrån varandra under alltför lång tid, Draco käraste. Låt oss lämna människorna åt sig själva och hädanefter ägna oss åt vår egen frid. Har vi inte länge nog låtit allt detta komma mellan oss?"

"Du har rätt, Lynx", svarade Kejsaren. "Vi går!"

I sakta mak skred de bort från gläntan och in i skogen, den skarpögda kvinnan och den trötta Kejsaren. Hans rustning skramlade för varje steg och ljudet hördes en god stund efter att de försvunnit ur sikte mellan träden. Sedan hördes ingenting.

Dimman

I gläntan var alldeles tyst och stilla. Cecilia sneglade på de sex Riddarna av Astranadir. Hon höll sin piska beredd bakom ryggen.

Den Riddare som nyss varit nära att slå Cecilia med sin spikklubba, vände sig mot henne och lade det hjälmklädda huvudet på sned.

"Och vad har du i tankarna?" undrade Cecilia med mörk röst. Hon var på helspänn.

Men Riddaren släppte sin spikklubba, tryckte båda händerna mot sin hjälm och lyfte den från huvudet.

"Hjärtliga hälsningar, Sesia!" sa han och log brett.

"Crux!"

Det var Crux. Han hade blivit lite äldre, fårad runt ögonen och med allvarsrynkan i pannan, men både Cecilia och Charlie kände lätt igen honom.

"Det var nära, där, att vi började slåss utan att veta med vem", sa Crux med leendet i behåll.

"Jag var så rädd för att det redan hade skett", svarade Cecilia och kände lättnadens tårar i ögonvrårna.

Hon släppte piskan och omfamnade honom. Det knarrade när deras overaller skavde mot varandra. Charlie brast ut i skratt.

De andra Riddarna spanade länge efter sin Kejsare och verkade alldeles handfallna. Efter en lång stund vände de sina blickar mot Cecilia, Charlie och Crux, sedan tittade de runt gläntan där alla barn satt knäpptysta med gapande munnar och stirrade. Riddarna var villrådiga.

Slutligen var det en av Riddarna som vände sig mot stenstoden och började gå åt det hållet. De andra fyra följde efter och genast ökade de takten. Utan att se sig om eller stanna upp en enda sekund klev de in i stenstoden. Den började sakta skruvas runt och slutas.

Men då var det en av Riddarna – han som gått sist – som vände på huvudet och tittade ut över gläntan. Trots att hjälmen dolde både ansikte och ögon syntes det hur trånande och full av vånda Riddaren spanade ut över Zenits land, där solen nu lyste med starka strålar på träd och blad och mossa och alla brunbrända barn med glänsande hy.

Strax innan stenstodsöppningen slöts spratt det till i hela kroppen och han tog ett språng ut. I nästa ögonblick var den stängd och stenstoden sjönk långsamt ner i marken.

Riddaren drog ivrigt av sig hjälmen och skakade på huvudet, så att det långa mörka håret böljade. Hon sa med ynklig stämma:

"Jag vill stanna här!"

Nu hade de båda rövarna kommit upp på fötter och gratulerade henne med höga röster.

"Du kommer aldrig att ångra dig!" lovade de och klappade om henne. "Kom med oss, så ska vi visa dig allt det överflöd som Zenits lyckoland har att bjuda på! Först måste du bada i Elixir, för att tvätta bort svärtan i Nadirs sigill och känna mörkrets plåga lätta."

Samtidigt hade Pavo stigit fram till stenstoden och sökte med blick och fingrar över dess yta. Den hade landat i sitt bottenläge. Han kliade sig i huvudet, gick flera varv runt den och såg sig sökande omkring.

"Var inte orolig", ropade Cecilia till honom. "Den kommer säkert upp igen!"

Pavo rodnade så djupt att de tydligt såg det, fast han stod gott och väl tio meter bort. Cecilia lade huvudet på sned och log vemodigt.

"Trots allt så förstår jag honom", sa hon lågt till Charlie och Crux. "Det finns saker man inte kan låta bli, även om de svider."

Barnen började röra på sig och fara runt i samma sorglösa lek som alltid. De verkade redan ha glömt vad som hänt. Nu skyndade de ut bland träden för att plocka frukt, eller ner till Elixir för att bada. Också Crux skyndade iväg med dem, efter att ha slitit av sig overallen.

Strax var gläntan övergiven av alla utom Pavo, som slagit sig ner vid stenstoden med örat tryckt mot dess släta yta. Rynkan i pannan var skarp som om den vore målad med svart färg.

Charlie och Cecilia tittade på varandra.

"Vad gör vi nu?" undrade Charlie och kliade sig under det röda pannbandet.

Cecilia ryckte på axlarna.

"Tror du", fortsatte Charlie dröjande, "att dimman ligger kvar över sjön?"

"Låt oss se efter!"

Utan att vara riktigt säkra på riktningen gick de med allt ivrigare steg genom skogen. Det hade börjat blåsa en aning, för andra gången i lyckolandet. Den friska vinden sköljde sval luft över dem. De krängde av sig sina svarta dräkter på vägen och lät dem falla, tog stora kliv som snart blev språng, skyndade mellan träden, andades djupt och sträckte ut armarna.

Plötsligt öppnade sig skogen och de stack fötterna i finkornig het sand. De stannade upp, flåsande och varma, och såg sig omkring.

Där var samma släta sandstrand som de kommit iland vid. Och där låg ekan med fören uppdragen på land och aktern höljd i dimma. Allt var precis som den dag de kommit till Zenit – förutom vinden.

"Förändringens vind", sa Cecilia och hennes lockar studsade runt huvudet. "Den kommer nog att blåsa bort dimman."

De hittade sina kläder på stranden, sandiga och blekta av solen, men annars precis som de lämnat dem. Charlie och Cecilia skakade sanden av dem och klädde på sig med högtidligt lugn. Dessa plagg var mycket behagligare att bära än Nadirs tjocka uniformer.

Ekan vickade en liten aning i krusningarna på vattenytan, som kluckade gemytligt mot båten. Träet verkade ännu mer åldrat och murket än förra gången, men båten slöt fortfarande tätt mot vattnet och årorna fanns på plats.

Det dröjde inte många minuter förrän de hade skjutit loss ekan från sanden och klivit ombord. De satte sig bredvid varandra med nävarna om varsin åra. Där väntade de, med långa blickar mot stranden och skogsranden.

"Borde vi inte ta farväl av dem?" mumlade Cecilia.

"Varför då?" svarade Charlie. "De förstår i alla fall inte. De säger bara sitt jaha, och glömmer med en gång."

Cecilia ryckte på axlarna. Det kunde göra detsamma.

"Ett, två, tre!" räknade de högt och tog ett rejält årtag.

Båten gled ut på sjön med samma lätthet som skridskor på is. Snart försvann stranden i dimman och allt var vitt omkring dem. De rodde i stadig takt och lyckades snart få ekan att hålla rak kurs. Det var tyst omkring dem, förutom vattnets kluckande mot båtskrovet och årornas plaskande.

"Var tror du vi hamnar nu?" undrade Charlie. "Tror du att vi kommer hem?"

De satt så tätt ihop att han såg Cecilia ganska klart. Hon ryckte på axlarna.

"Kanske. Men man vet aldrig. Jag hoppas det."

"Jag med."

De rodde en stund till under tystnad.

"Jag undrar hur länge vi egentligen varit borta", fortsatte Charlie sedan, "och om allt är sig likt."

"Säkert inte", svarade Cecilia allvarligt. "Tiden går och allt förändras. Så är det alltid."

"Det är egentligen ganska sorgligt."

"Ja, på sätt och vis. Men det är spännande också."

"Ja."

"Man blir nyfiken."

"Ja!"

De rodde fortare.

www.ingramcontent.com/pod-product-compliance
Lightning Source LLC
LaVergne TN
LVHW041840070526
838199LV00045BA/1372